知行詩歌集

陶行知 著

陶行知（一八九一年—一九四六年）

本名陶文濬，安徽歙縣人。因欣賞王陽明「知行合一」學說改名為知行，後認為「行是知之始；知是行之成」，又改名為行知。中國著名教育家。提出「生活即教育」「社會即學校」「教學做合一」三大主張，生活教育理論是陶行知教育思想的理論核心。著作有：《中國教育改造》《古廟敲鐘錄》《齋夫自由談》《行知書信》《行知詩歌集》。

總序一

兒童文學的歷史與記憶

林文寶

大陸海豚出版社所出版之中國兒童文學經典懷舊系列，要在臺灣出版繁體版，這是臺灣兒童文學界的大事。該套書是蔣風先生策劃主編，其實就是上個世紀二、三十年代的作家與作品，絕大部分的作家與作品皆已是陌生的路人。因此，說是經典有失嚴肅；至於懷舊，或許正是這套書當時出版的意義所在。如今在臺灣印行繁體版，其意義又何在？

考查各國兒童文學的源頭，一般來說有三：

一、口傳文學

二、古代典籍

三、啟蒙教材

而臺灣似乎不只這三個源頭，綜觀臺灣近代的歷史，先後歷經荷蘭人佔據三十八年（一六二四—一六六二），西班牙局部佔領十六年（一六二六—

一六四二），明鄭二十二年（一六六一—一六八三），清朝治理二〇〇餘年（一六八三—一八九五），以及日本佔據五十年（一八九五—一九四五）。其間，相當長時間是處於被殖民的地位。因此，除了漢人移民文化外，尚有殖民者文化的滲入；尤其以日治時期的殖民文化影響最為顯著，荷蘭次之，西班牙最少，是以臺灣的文化在一九四五年以前是以漢人與原住民文化為主，殖民文化為輔的文化形態。

一九四五年十月二十五日國民黨接收臺灣後，大陸人來臺，注入文化的熱血液。接著一九四九年十二月七日國民黨政府遷都臺北，更是湧進大量的大陸人口。而後兩岸進入完全隔離的型態，直至一九八七年十一月臺灣戒嚴令廢除，兩岸開始有了交流與互動。一九八九年八月十一至二十三日「大陸兒童文學研究會」成員七人，於合肥、上海與北京進行交流，這是所謂的「破冰之旅」，正式開啟兩岸兒童文學交流歷史的一頁。

其實，兩岸或說同文，但其間隔離至少有百年之久，且由於種種政治因素，目前兩岸又處於零互動的階段。而後「發現臺灣」已然成為主流與事實。

因此，所謂臺灣兒童文學的源頭或資源，除前述各國兒童文學的三個源頭，又有受日本、西方歐美與中國的影響。而所謂三個源頭主要是以漢人文化為主，其實也就是傳統的中國文化。

臺灣兒童文學的起點，無論是一九〇七年（明治四〇年），或是一九一二年（明治四十五年／大正元年），雖然時間在日治時期，但無疑臺灣的兒童文學是屬於華文世界兒童文學的一支，它與中國漢人文化是有血緣近親的關係。因此，了解中國上個世紀新時代繁華盛世的兒童文學，是一種必然尋根之旅。

本套書是以懷舊和研究為先，因此增補了原書出版的年代（含年、月）、出版地以及作者簡介等資料。期待能補足你對華文世界兒童文學的歷史與記憶。

林文寶，現任臺東大學榮譽教授，曾任臺東大學人文學院院長、兒童文學研究所創所所長、亞洲兒童文學學會臺灣會長等。獲得第三屆五四兒童文學教育獎，中國文藝協會文藝獎章（兒童文學獎），信誼特殊貢獻獎等獎肯定。

原貌重現中國兒童文學作品

蔣風

今年年初的一天，我的年輕朋友梅杰給我打來電話，他代表海豚出版社邀請我為他策劃的一套中國兒童文學經典懷舊系列擔任主編，也許他認為我一輩子與中國兒童文學結緣，且大半輩子從事中國兒童文學教學與研究工作，對這一領域比較熟悉，了解較多，有利於全套書系經典作品的斟酌與取捨。

一開始我也感到有點突然，但畢竟自己從童年開始，就是讀《稻草人》《寄小讀者》《大林和小林》等初版本長大的。後又因教學和研究工作需要，幾乎一而再、再而三與這些兒童文學經典作品為伴，並反復閱讀。很快地，我的懷舊之情油然而生，便欣然允諾。

近幾個月來，我不斷地思考著哪些作品稱得上是中國兒童文學的經典？哪幾種是值得我們懷念的版本？一方面經常與出版社電話商討，一方面又翻找自己珍藏的舊書。同時還思考著出版這套書系的當代價值和意義。

中國兒童文學的歷史源遠流長，卻長期處於一種「不自覺」的蒙昧狀態。而清末宣統年間孫毓修主編的「童話叢刊」中的《無貓國》的出版，可算是「覺醒」的一個信號，至今已經走過整整一百年了。即便從中國出現「兒童文學」這個名詞後，葉聖陶的《稻草人》出版算起，也將近一個世紀了。在這段不長的時間裡，中國兒童文學不斷地成長，漸漸走向成熟。其中有些作品經久不衰，而一些作品卻在歷史的進程中消失了蹤影。然而，真正經典的作品，應該永遠活在眾多讀者的心底，並不時在讀者的腦海裡泛起她的倩影。

當我們站在新世紀初葉的門檻上，常常會在心底提出疑問：在這一百多年的時間裡，中國到底積澱了多少兒童文學經典名著？如今的我們又如何能夠重溫這些經典呢？

在市場經濟高度繁榮的今天，環顧當下圖書出版市場，能夠隨處找到這些經典名著各式各樣的新版本。遺憾的是，我們很難從中感受到當初那種閱讀經典作品時的新奇感、愉悅感、崇敬感。因為市面上的新版本，大都是美繪本、青少版、刪節版，甚至是粗糙的改寫本或編寫本。不少編輯和編者輕率地刪改了原作的字詞、標點，配上了與經典名著不甚協調的插圖。我想，真正的經典版本，從內容到形式都應該是精致的、典雅的，書中每個角落透露出來的氣息，都要與作品內在的美感、精神、品質相一致。於是，我繼續往前回想，記憶起那些經典名著的初版本，或者其他的老版本——我的心不禁微微一震，那裡才有我需要的閱讀感覺。

在很長的一段時間裡，我也渴望著這些中國兒童文學舊經典，能夠以它們原來的面貌重現於今天的讀者面前。至少，新的版本能夠讓讀者記憶起它們初始的樣子。此外，還有許多已經沉睡在某家圖書館或某個民間藏書家手裡的舊版本，我也希望它們能夠以原來的樣子再度展現自己。我想這恐怕也就是出版者推出這套書系的初衷。

也許有人會懷疑這種懷舊感情的意義。其實，懷舊是人類普遍存在的情感。它是一種自古迄今，不分中外都有的文化現象，反映了人類作為個體，在漫長的人生旅途上，需要回首自己走過的路，讓一行行的腳印在腦海深處復活。

懷舊，不是心靈無助的漂泊；懷舊也不是心理病態的表徵。懷舊，能夠使我們憧憬理想的價值；懷舊，可以讓我們明白追求的意義；懷舊，也促使我們理解生命的真諦。它既可讓人獲得心靈的慰藉，也能從中獲得精神力量。因此，我認為出版本書系，也是另一種形式的文化積澱。

懷舊不僅是一種文化積澱，它更為我們提供了一種經過時間發酵釀造而成的文化營養。它為認識、評價當前兒童文學創作、出版、研究提供了一份有價值的參照系統，體現了我們對它們批判性的繼承和發揚，同時還為繁榮我國兒童文學事業提供了一個座標、方向，從而順利找到超越以往的新路。這是本書系出版的根本旨意的基點。

這套書經過長時間的籌畫、準備，將要出版了。

我們出版這樣一個書系，不是炒冷飯，而是迎接一個新的挑戰。

我們的汗水不會白灑，這項勞動是有意義的。

我們是嚮往未來的，我們正在走向未來。

我們堅信自己是懷著崇高的信念，追求中國兒童文學更崇高的明天的。

二〇一一年三月二〇日

於中國兒童文學研究中心

蔣風，一九二五年生，浙江金華人。亞洲兒童文學學會共同會長、中國兒童文學學科創始人、中國國際兒童文學館館長。曾任浙江師範大學校長。著有《中國兒童文學講話》《兒童文學叢談》《兒童文學概論》《蔣風文壇回憶錄》等。二〇一一年，榮獲國際格林獎，是中國迄今為止唯一的獲得者。

目錄

序詩

我十七歲之春，獨自一人，乘船赴杭學醫，父親躬自送到水藍橋下船，回想初別情景，歷歷如在目前。今特追攝入詩。送別人竟不及見，思之淚落如雨。

古城岩下，
水藍橋邊①，
三竿白日，
一個懷了無窮希望的傷心人，
眼裡放出悲壯的光芒，
向船尾直射在他的兒子的面上，
望到水、山、天合成一張大嘴，
隱隱約約的把個帆影兒都吞沒了，
才慢慢的轉回家去。

我要問芳草上的露水，
何處能尋得當年的淚珠？
二十年四月十日②

注釋
①古城岩、水藍橋，均在安徽省休甯縣萬安鎮新安江邊，有船可達杭州。
②集中詩末所記年代均係民國紀年。

編注：《知行詩歌集》上海兒童書局一九三三年七月出版，內分荒郊、枯樹、幼苗三個小集，詩歌七十二篇。這次收七十一篇，《手腦相長歌》已編入《育才學校手冊》，見本全集第四卷，這裡只存目。

荒郊集

救水

永定河①在黃土坡決堤危及北京，鹿君瑞伯②帶兵救水，兵民合作，卒免於難。吾去參觀，見有少數人扶著柳條，假裝抬樹，取巧已極，寫此與眾同志共勉。

黃土坡邊洪水來，
百丈長堤忽沖開。
數千兵民共搶救，
柳條好夾麻布袋。
每樹抬夫好幾十，
幾人抬千幾抬枝。
有的扶著柳條走，

默笑而過似得意。
抬柳幹，
一身汗；
抬柳枝，
也吃力；
扶柳條，
太取巧。
工錢一樣領，
義務比人輕。
君不見國弱種危時機逼，
自救救人要拚命。
身上有力不肯出，
袋裡有錢不肯用，
都不配做一品③大百姓。
十三年

注釋

①永定河：在河北省西北部，海河水係五大河之一。上游稱桑乾河，官廳水庫以下稱永定河，夏季河中泥沙大，河道變幻無定，舊稱無定河。清代修永定大堤固定河槽後改現名。

②鹿瑞伯：即鹿鍾麟。

③一品：舊日官階中官品最高的一級。

（本篇原載《申報常識平民週刊》一九二四年十二月六日，原題：扶柳條，副題：無定河決堤之救水情形。署名陶知行。原詩第九——十四行是這樣的：「抬柳絲，喘不停；抬柳枝，汗盈盈；扶柳條，太聰明。」）

農人破產之過程

第一年

太陽下山墩墩，雅荷海。
過不得年兒，荷荷。
債主追來了，梅綺紫梭，
翻下臉兒索，難為情啊！荷荷。

第二年

太陽下山墩墩，雅荷海。
過不得年兒，荷荷。
債主追來了，梅綺紫梭，

牽去牛大哥，捨不得啊！荷荷。

第三年

太陽下山墩墩，雅荷海。
過不得年兒，荷荷。
債主追來了，梅綺紫梭，
把我田地奪，如何得了！荷荷。

第四年

太陽下山墩墩，雅荷海。
過不得年兒，荷荷。
債主追來了，梅綺紫梭，
強把棉襖剝，冷得抖啊！荷荷。

第五年

太陽下山墩墩，雅荷海。
過不得年兒，荷荷。
債主追來了，梅綺紫梭，
逼我賣老婆，天啊！天啊！荷荷。
十六年十二月一日

（本篇係作者按南京北固鄉一帶流行的山歌曲譜填寫的歌詞。曲譜由當時曉莊學校音樂指導員陸靜山記錄整理。）

假人

顏習齋十六歲時，他的乾祖父朱翁，想行賄為他運動中一個秀才，他哭得連飯都不肯吃。他說：「寧為真白丁，不作假秀才。」我們做人都應該有這種精神。一天我坐電車，身上只帶了一個雙角子①，摸出來買票，那賣票的說：「銅噶，弗好用。②」我只好下車步行。假角子尚且給人這樣多的麻煩，何況假人？假角子用不去，而假人偏能行得通，又是什麼緣故呢？真小人易知，偽君子難防。看去是真的，又像有幾分假；聽來是假的，又像有幾分真：真中有假，假又像真，把人弄得頭昏腦黑，無從辨別。假社會當中做人是多麼難對付的一件事啊！

去年夏天寫就〈假好人〉短詩十首，志在勸世，兼以自勵。措詞未免過分，但一腔熱血，實望大家洗心改面，共同手創一個光明磊落的真世界罷了。恕我罪我，聽人裁判吧！

一　假好人

世界如何壞？
壞在假好人。
口是而心非，
雖人不是人！

二　假父子

假父子！
金子是老子。
嘴裡喊爸爸，
心裡咒他死。

三　假母女

假母女，
養女如養豬。
誰個銀子多，
可以買肥豬。

四　假夫妻

假夫妻，
貌合心已離。
老婆偷漢子；
丈夫打野雞。

五　假情人

假情人，
丟手成路人。
遇著新路人，
又成意中人。

六　假朋友

假朋友，
交情肉與酒。
酒肉吃光了，
到處丟你醜。

七　假師生

假師生，
買賣在書本。
一旦要打倒，
只因少給分。③

八　假軍隊

假軍隊，
忍看山河碎。
他自有本事：
會殺親姊妹。

九　假官吏

假官吏，
嘴上有主義，
吃了百姓飯，
要剝百姓皮。

十　新武松

我是新武松，
已上景陽崗。
遇著人面虎，
打去無商量。
十九年七月

注釋

①雙角子，指當時的2角硬幣。

②銅噶，弗好用，即：「銅的，不好用。」

③分，是考試的分數。

（本篇原載《申報．自由談．不除庭草齋夫談薈》一九三一年九月二十五日，題為〈假好人〉。）

人與煤炭

民國三年的秋天，我第一次坐海船東渡，自言自語的說：海船走得這麼快，好極了。教科書告訴我這是蒸氣機關推動的。我應該去看看這個蒸氣機關。走到機器間去看了一忽兒，心裡想，蒸氣是水燒滾了變的。我得去看一看這水是用什麼東西燒，怎樣的燒法？我於是一路問到火艙門口，一看，幾個赤膊的活人像天津鴨子在那兒烤著，烤出一身的黑油！身上、臉上、手上黑得如同他們所燒的煤炭一般黑！這是我與火伕們第一次見面所得的印象，簡直像硝鏹水刻到我的心窩裡。我明白了：乘長風破萬里浪，代價是火炬們的淚和血！豈但海船上的火艙是人間地獄，您走進電力廠、機器廠、麵粉廠、織布廠裡去看看，便知道我們吃的、穿的、住的沒有一樣不滲透了工人們的血淚！一粥、一麵、一衣、一燈當思來處不易。如果您一時沒有機會去看，那末，請聽我唱吧！

機器正開工，

爐火通紅。
人與煤炭忒相同！
胖子進來瘦子出，
俱人煙囪。
減少點把鐘，
加幾個銅？
工人不是主人翁。
如此人間即地獄，
翻造天宮。
二十年春

（本篇原載《申報・自由談・不除庭草齋夫談薈》一九三一年十月三十日，題為〈工業文明〉，詩中第六、八行分別為：「減少幾點鐘」「工人樂不在工中」。）

農夫歌

前年曾依保定農夫歌調草〈農夫歌〉一首，以詞句未協，迄未付印。復依前調改作。

穿的樹皮衣；
吃的草根飯；
背上背著沒賣掉的孩兒餓煞喊爹爹。
牽著牛大哥，
去耕別人田。
太陽晒在赤膊，
心裡如滾油煎。
九折三分，
駝利納糧錢，

良民變成匪，
問在何處申冤？
人面蝗蟲飛滿天。
飛滿天！
無有農夫誰能活天地間？
二十年四月十七日

這是一幅自耕農在天災人禍中降為雇農之小影。中原與西北等省之自耕農，代較富地主耕種，每月尚可得工錢糊口，若是自耕，則必等到秋收，始有米吃，人已成白骨了。田地擺脫不掉，而官家錢糧不但不可少，抑且寅年要借卯年糧，不，寅年要借午年糧，故必須賣兒女，或駝重利借錢以納。田契送人也不要，因為不能耕種還須納糧。這是一種什麼現象啊！

（本篇原載《師範生》一九三一年四月第二期，署名：時雨。）

編注：農夫歌係河北民間流傳的一首歌曲。原詞為：

「穿的粗布衣，吃的家常飯，腰裡夾著旱煙袋兒，頭戴草帽圈。手拿農作具，日在田野間，受盡辛苦與風寒，功德高大如天。農事完畢急急把糧捐，將糧繳納完，才得自在安然。士工商兵輕視咱，無有農夫誰能活在天地間？」

一張字紙簍裡的頌詞

中國無是非。世界無是非。如果有是非：便是強者是，弱者非；富者是，窮者非；勝者是，敗者非；走運者是，倒楣者非。該說公道話的人不說公道話而說敷衍話，則是變為非，非反為是，而是非消滅了。

國民會議①開幕時，蔡孑民②先生寫了一篇四言頌詞，裡面有兩句是：「濟濟一堂：農工商士」（見小注）我們按圖索驥，會場裡找不出一個靠自己種田吃飯的真農人，也找不出一個靠自己做工吃飯的真工人。該說公平話的蔡先生是和甘地先生敷衍法國人③一樣的令人失望。

假使五十年或一百年之後，有位小胡適，愛做考據功夫，誤以德高望重的蔡先生的親筆頌詞作證據，豈不要弄假成真，變非為是？

到底是非也不易埋沒，字紙簍裡有時會跑出史料來。下面便是當時報章登不出來，火爐幸而沒有燒完的一篇文字，現給發表一下，誰是誰非，聽讀者自判吧。

孫公④遺教：
天下為公。
國民會議，
樂與誰同？
吾觀代表：
士商亨通。
農不像農；
工不像工。
農工皆士；
士亦農工。
公僕當國，
僭主人翁。
國之大本，
忍付東風。
異己信徒，

亡命西東。
青青年少，
伐若枯松。
民入地獄，
自造天宮。
口談革命，
主義失蹤。
己不受訓，
訓人誰從？
中山有靈，
淚灑群雄。
蔡子長者，
後學所宗。
恕持異議，
言出由衷。

願公登高，
發聵振聾。
念頭轉處，
畫蛇成龍。
雲霓在望，
草木重榮。
漫漫長夜，
浩浩長空。
亦孔之憂，
吾望無窮。
二十年五月六日

小注
蔡頌登載在二十年五月五日《時事新報》⑤上，茲轉載於後：慶祝國議蔡元培親頌詞。

新會任務，解決國是。
遺教諄諄，瞬逾六祀。
今幸統一，訓政開始。
時會既成，召集於此。
濟濟一堂，農工商士。
消弭眾歧，指示正軌。
力謀建設，公宏民祉。
制定約法，以張民紀。
討論問題，得其神髓。
主義實現，輝煌國史。
使命不辱，上慰總理⑥。
憲政可期，兆民咸喜。

注釋

①國民會議：指一九三一年五月五日至十七日國民政府在南京召開的「國民

會議」。

②蔡孑民，即蔡元培。

③甘地先生敷衍法國人：是指一九三一年甘地自英返印，途經法國時在一次演說中說：「我這次到英國來，兩手空空，一無所得！貴國人對於自由、平等、博愛之箴言，能說能行，不勝欽佩……」作者曾在《申報》著文列舉法國在非洲、亞洲侵占、掠奪殖民地的種種事實批評甘地對法國的恭維，並希望被壓迫的弱小民族聯合起來求翻身。

④孫公，即孫中山。

⑤時事新報：一九一一年五月十八日在上海創刊。以編譯東西報章，介紹西方學術文化為主要內容。一九一八年三月——一九二五年十一月，增出著名的《學燈》副刊。一九四九年五月停刊。

⑥總理，指孫中山。

（本篇原載《申報．自由談．不除庭草齋夫談薈》一九三一年十二月二十六日。）

人心不可測

人心不可測，
有命活不得；
割了黃金穀，
有米吃不得；
種了白棉花，
有衣穿不得，
栽了一林樹，
有房住不得；
讓地造鐵路，
有車坐不得；
納稅養軍人，
有國保不得；

笑裡藏尖刀。
有心談不得。
一身很漂亮，
是賊不是賊？
看來一杯酒，
砒霜給人喝。
白玉是白的，
他偏說是黑。
客人做主人，
主人反為客。
翻手雲變雨，
人心不可測！
二十年秋

（本篇原載《申報・自由談・不除庭草齋夫談薈》一九三二年一月七日，題為〈什麼東西最可怕〉，前面還有以下詩文：「咱是天不怕地不怕！天有什麼可怕？地有什麼可怕？但是世界上確有一個東西是最可怕的。什麼東西？老虎嗎？老虎有幾隻啊？可怕的是人！天不怕，地不怕，人心難摸實可怕，聽咱唱來：」。）

攤販老沈

去年有一天下午，我帶著餓肚到新愛倫影戲院看影戲，乘著休息的十分鐘，走到門口，下了一碗麵吃。這碗麵費了十四個銅板，連煮帶吃只用了五分鐘，可算是經濟極了。看看還有五分鐘，便乘機問問麵攤營業的情形。攤販姓沈。整套器具值十八元，材料成本計二元，月納巡捕房①照會捐二元。每月可賺三十元。我說你的進款比鄉村教師還要好一點。他說「苦來些」，每天深夜四點鐘回家，早上七點就要出來買材社，準備一天賣的麵餃。如果不是這樣，一家人便不能活。我看沈君臉色黃瘦，確是辛苦太過的結果，十四個銅板一碗的麵，雖是平民的午餐，但是另一平民的康健換來的。今年想起此事，發生無限感慨，便寫了一首詩想送老沈，但老沈已是不知去向了。

新愛倫門前麵一碗，
化了一十四個小銅板。

攤販名字叫老沈，
自做夥計與老闆。
每月可賺三十元，
教師不如擺麵攤。
哪知他說「苦來些，
一夜只睡三點鐘；
若要多睡一刻兒，
兒女凍餓誰做東？」
將他從頭望到底，
一株枯樹立秋風。
麵兒代價我知了，
不是紫銅是血紅！
二十年冬

注釋

①巡捕房：外國在舊中國租界內設置的員警機構。

（本篇原載《申報・自由談・不除庭草齋夫談薈》一九三一年，原題〈一碗麵的代價〉。）

軍閥的鏡子

壓倒主人自作主，
揮霍兵餉如糞土，
強盜進門不抵抗，
主人趕賊他不許。
二十年冬

（本篇出自《申報・自由談・不除庭草齋夫談薈》一九三二年一月十二日的同名文章。）

送禮

鄉下人送去的禮：
是麥是米。
城裡人回送的禮：
是尿是屎。

高跟皮鞋上之小姐

瞧，瞧，瞧，
摩登小姐踩高蹺①，
一蹺蹺到白渡橋②。
白渡橋上有人笑：
曲線三角真巧妙，
大腳婆兒腳變小。
走路不穩少爺扶，
少爺不扶就跌跤。
上橋跌一交，
下橋跌一交。
來瞧，來瞧，
摩登小姐蹩了腰。

蹩了腰，

還要踩高蹺。

注釋

①踩高蹺，中國民間娛樂方式之一。由表演者踩有踏腳裝置的木棍進行表演。

②白渡橋：位於上海外灘北端，連接吳淞江南北的一座大橋。

想一想

飯也香，
菜也香，
吃飽了，
上毛坑，
一樣爹娘養，
倒馬桶的滋味要人嘗！
二十一年冬

雙料少爺

自從家父做老爺；
人人呼我闊少爺。
誰知我還是自倒洗臉水？
遠不如進個學堂兒：
聽差為我鋪床又疊被。
上課看情書；
下課訪小姐。
不高興，鬧個風潮兒，
直要教員怕我如同兒子怕爹爹。
請看今日害國賊，

哪一個不是當年的雙料少爺！

十六年十二月十五日

（本篇原載《鄉教叢訊》一九二八年一月十五日第二卷第一期。署名韻秋。詩中第六、七行為：「上課看小說；」「下課打茶圍；」最末一行沒有「料」字。

敗家子的體操

進城考學堂，
學會拍網球：
洋人發大財，
老子嘆氣賣老牛。

十六年十二月十五日
河南道中

小注
傳統遊戲運動中以拍網球為最貴族化。一個球要費幾元，一個球拍要費幾十元，而且本國人至今不能自造。

告書呆子

「沒有指導，
沒有工做！」
探獲新大陸的哥倫布，
可曾說過？

「沒有指導，
沒有工做！」
飄流荒島的魯濱孫，
可曾說過？

「沒有指導，
沒有工做！」

曉莊的學園裡，
要種幾多活蘿蔔？

「沒有指導，
沒有工做！」
開天闢地的機會，
可能讓它錯過！
十九年一月八日

學生或學死

小孩子，
小孩子，
那幾個是學生？
那幾個是學死？
二十年四月七日

糊塗的先生

一

你這糊塗的先生！
你的學堂成了害人坑！
你的墨水筆下有冤魂！
你說瓦特庸。
你說牛頓笨。
你說像個雞蛋壞了的愛迪生。
若信你的話，
那兒來火輪？
那兒來電燈？
那兒來的微積分？

二

你這糊塗的先生！
你的教鞭下有瓦特。
你的冷眼裡有牛頓。
你的譏笑中有愛迪生。
你別忙著把他們趕跑。
你可要等到：
坐火輪，
點電燈，
學微積分，
才認他們是你當年的小學生？
二十年春

小朋友

小朋友！
小朋友！
我看看你的手，
可拿得動掃帚？

小朋友！
小朋友！
哪一個長進？
哪一個丟醜？
二十年春

一位教授

某大學教授好出風頭，兼職很多，每月收入在千元以上，但位置既得之後，精神不及兼顧，弄得一塌糊塗，結果竟有一處差使被人辭退。接他的事的人是我一個朋友，任事忠勤，不避勞怨。教授很不甘心，屢次暗中搗亂。

吾友一五一十的告訴了我，我便為這位教授寫了一幅小影。這位教授實在具有代表性。像他這樣的人，社會上到處遇得著。勤人的社會裡不許懶人流連；懶人的社會裡也不許勤人立足。中國是一種什麼社會呀？

做戲愛做好角色，
做了角色懶負責。
別人串得好戲來，
暗中卻把戲臺拆。

二十年冬

（本篇原載《申報・自由談・不除庭草齋夫談薈》一九三一年九月七日，題為〈拆臺〉。）

拉車的教員

分明是教員，
愛做拉車夫。
拉來一車洋八股①，
誰願受騙誰嗚呼。
二十一年夏

注釋

①洋八股：八股文原指明清科舉考試制度所規定的文體。每篇由破題、承題、起講、入手、起股、中股、後股、束股八部分組成。題目主要摘自《四書》，所論內容也要根據朱熹的《四書集注》等書，作者自由發揮空間少。

拉車

先生拉洋車，
滿身汗如雨。
拉他一輩子，
馬路知他苦。

學生坐洋車，
風涼而舒服。
坐他一輩子，
還是不知路。

二十一年夏

士之小影

四體既不勤，
五穀也不分。
達則作官去，
窮則教學生。
二十一年夏

（作者曾手書此詩作為《生活教育》一九三四年三月十六日第一卷第三期的封面題詩。）

兩位先生的對話

設計教學法①先生：

「教學做合一，
做學教合一。
玩來玩去，
只是老把戲，
還不是設計，
大同而小異。」

教學做合一先生：

「大同而不異？

西施少了一個鼻！
教學而不做，
正合士大夫的老脾氣。
早上設一計；
晚上設一計；
心裡設一計；
筆下設一計；
銜支香煙噴口氣，
又是一個計！
比出汗兒寫意。」
二十一年夏

注釋

①設計教學法：克伯屈等美國教育家創造的教學方法。學生在自己設計、自己負責實行的單元活動中獲得知識和解決實際問題的能力。強調教師的任

務在於利用環境以引起學生的學習動機，明學生選擇活動所需要的教材。

學習一般程式為。決定目的（含引起動機），訂立計畫，實行，評價。

（本篇原載《兒童教育》第四卷九期，兒童教育漫談》。）

牛角筒

大籠統，
小籠統，
大小籠統都是蛀書蟲。
吃飯不務農；
穿衣不做工。
水已盡，
山將窮！
老鼠鑽進牛角筒①。
二十一年冬

注釋
①牛角筒：牛角做的筒，越來越窄，常用來諷刺堅持錯誤，不願回頭的人。

奶媽的婆婆之悲哀

一

人人羡慕兒童節，
我家寶寶哭不歇；
張家新生小少爺，
雇個奶媽好過節。

媳婦做了奶媽去，
奶變張家少爺血；
張家少爺白而胖。
胖如冬瓜白如雪。

二

人人羡慕兒童節，
我家寶寶哭不歇。
老奶給他嘗一嘗，
無奈乳頭久已癟。

清水米湯吃不飽，
小孩苦惱向誰說？
紅紅綠綠爭點綴，
問是誰的兒童節？
二十二年兒童節後三天

（作者曾手書此詩作為《生活教育》一九三四年四月一日第一卷第四期的封面題一詩。此詩曾由趙元任製譜，載《生活教育》第一卷第六期。）

幼苗集

耳朵先生

這是我在長江流域推行平民教育時代教人寫白話信的一個小法門。

寫信原來要自然，
對談如人在面前。
若問寫得好不好？
請雙耳朵做教員。

十三年四月十四日

（本篇最初見於一九二四年四月十四日作者致西村平民學校學生胡映蓮的信。）

問到底

天地是個悶葫蘆，
悶葫蘆裡有妙理。
您不問它您怕它，
它一被問它怕您。
您若願意問問看，
一問直須問到底！

十三年

（本篇原載《申報常識平民週刊》一九二四年七月二十六日，原題為〈問一問〉，詩中第五行為：「如果你要問問看」。）

每事問

發明千千萬，
起點是一問。
禽獸不如人，
過在不會問。
智者問得巧；
愚者問得笨。
人力勝天工，
只在每事問。
十三年

（本篇原載《申報．平民週刊》一九二四年八月二日，原題為〈問〉，署名知。詩中第四行的「過」字原為「羞」，第八行的「在」字為「是」。）

村魂歌

詩前有文：「兩星期前，我同一位朋友去參觀燕子磯小學，很受感動。這個學校的靈魂就是丁校長（注：即丁超）和他的夫人。鄉村學校裡的先生們，大多數任期很短，教了一兩年、兩三年，正有點經驗的時候，就跑到別處去了。在這種情形之下，說不到改良教育，更說不到改造鄉村。但是丁先生夫婦二人共同在堯化門學校服務，已經有了八年之久。今年轉到燕子磯服務，只有半年工夫，就把這個學校變成了一個活的學校。因此我覺得夫妻同到鄉村去辦學，是一件很重要的事。所以我傚這首詩，為鄉村人民和他們的小孩請命。」

這歌已由趙元任先生製譜。

男學生，
女學生，
結了婚，

做先生。

哪兒做先生？

東村或西村。

同去改舊村，

同去造新村。

舊村魂：

新村魂：

一對夫妻一個魂。

十六年春

（本篇原載《申報・申報常識・平民週刊》一九二四年八月九日，題為〈同到鄉下去〉。由趙元任制譜的歌曲，載《鄉教叢訊》一九二八年七月十五日第二卷十三期。）

自立歌

滴自己的汗。
吃自己的飯。
自己的事自己幹。
靠人，靠天，靠祖上，
不算是好漢！
十六年六月
這歌已由趙元任先生製譜。

我寫這首歌，志在勉勵青年打破依賴性，不再做那貪圖享福之少爺小姐。近來聽說有人誤解為自掃門前雪之個人主義。但是自己二字的含義可由個人而推到團體，小而言之，一家一鄉，大而言之，一國，一階級，皆當努力盡他本身所應盡之責，而不該等候別人之代勞。

（本篇原載《生活週刊》一九二六年二月二十八日第一卷第十九期。出自一九二五年底在天津南開中學的演講，題目是〈學做一個人〉。陶行知說：「我曾作了一首白話詩，說人要有獨立的職業」。現在詩中「靠祖上，不算是好漢！」原為「靠祖先，都不算好漢！」作者手書此詩作為一九三四年六月一日《生活教育》第一卷第八期的封面題詩，注云：「自己二字含有個人與團體兩重意義。」趙元任譜的歌曲載一九二八年《鄉教叢訊》第二卷十三期。）

初學燒飯

書呆子燒飯，
一鍋燒四樣：
生、焦、硬、爛。

十六年夏

朝陽歌

一

玎玲玎玲瓃！
天上放紅光。
放紅光，
放紅光，
放自東方，
照到曉莊。①

二

玎玲玎玲瓃！

曉莊放紅光。
放紅光，
放紅光，
放自學堂，
照到四方。
十六年十一月一日

注釋

①曉莊：位於南京中央門外勞山旁，原名小莊，因作者在此創立南京曉莊試驗鄉村師範，遂改名曉莊。

（本篇原載《鄉教叢訊》一九二七年十一月一日第一卷二十一期，題為「曉聲」。第二節第五行原為「放自曉莊」。）

鋤頭舞歌

——調寄本地栽秧山歌

（一）

手把個鋤頭鋤野草呀，
鋤去野草好長苗呀。
綺雅海，雅荷海，
鋤去野草好長苗呀。
雅荷海，綺雅海。

（二）

五千年古國要出頭呀，
鋤頭底下有自由呀。
綺雅海，雅荷海，

鋤頭底下有自由呀。
雅荷海，綺雅海。

（三）
天生了孫公①做救星呀，
喚醒鋤頭來革命呀。
綺雅海，雅荷海，
喚醒鋤頭來革命呀。
雅荷海，綺雅海。

（四）
革命的成功靠鋤頭呀，
鋤頭！鋤頭！要奮鬥呀！
綺雅海，雅荷海，
鋤頭！鋤頭！要奮鬥呀！

雅荷海，綺雅海。②

十六年十一月九日

注釋

①孫公，即孫中山。

②綺雅海，雅荷海，係幫腔聲調。

（此歌的調子係南京和平門外北固鄉一帶的山歌調，作者於一九二七年夏配上歌詞，收入他主編的一九三三年六月出版的《曉莊歌曲集》，為該集的第一首歌曲。這歌曾灌製唱片，二、三十年代流傳很廣。歌詞收入本詩集時，每節末尾的幫腔「綺雅海」三字被刪去，此次又按歌曲加上。）

黃花歌

黃花黃，
黃花黃，
黃花黃時萬花藏。
萬花藏，
黃花黃。

黃花黃，
黃花黃，
黃花黃時清朝亡。
清朝亡，
黃花黃。

黃花黃，
黃花黃，
黃花黃時民為王。
民為王，
黃花黃。

黃花黃，
黃花黃，
黃花黃時種麥忙。
種麥忙，
黃花黃。

十六年十一月二十六日
這歌已由趙元任先生製譜
（此歌收入一九三三年六月出版的《曉莊歌曲集》。）

不投降歌

一

軍人救國不要命。
不要命，
不要命，
只有斷頭將軍，
沒有投降將軍。

二

軍人救國不要命。
不要命，

不要命，
只有斷頭兵丁，
沒有投降兵丁。

三

軍人救國不要命。
不要命，
不要命，
捧出一顆丹心，
獻與億兆生靈。
十六年十一月二十八日

人的身體

抬一桶兒水，
燒一鍋兒飯，
挑一擔兒糞，
出一身兒汗：
晚上睡得著；
日裡事能幹。
讓人笑笨伯①；
我自為好漢。
十六年十二月

注釋

①笨伯：泛指愚蠢的人。

鐮刀歌

一

太陽起山墩墩，雅荷海。
鐮刀雪亮，荷荷。
遇到草兒割，梅綺紫梭，
捆去好燒鍋，
見得婆婆，荷荷。

二

太陽下山墩墩，雅荷海。
砍乾淨了，荷荷。

春風吹又生，梅綺紫棱，
留下種子多，
刀兒，刀兒，荷荷。
十六年十二月四日
（這是和〈農人破產之過程〉同一曲譜的又一首歌詞。此歌曾灌嗣唱片，二、三十年代流傳甚廣。）

孩子自己抱

朋友中有一位太太，不歡喜抱小孩兒，整天把她天使似的女兒付託給老媽子們。我一見了她便唱這首歌，唱得她自己也笑起來了。從此，她便勇敢的改了。這幾句俚詞，隨嘴念來，不過是為小朋友出一口氣，竟能發生一些效力，倒是出於我意料之外的。

自己的孩子自己抱，
不抱孩子的太太沒人要！
我從邁皋橋①唱到夫子廟②，
人人都說刮刮叫。

十七年五月

注釋

①邁皋橋：在南京市中央門外。

②夫子廟：在南京市城南，原文廟舊址。建於宋代（一〇三四年），清代重建。為一熱鬧遊覽處。

挽趙叔愚院長

人生在世三大事：
「做工，求知，管政治」。
病時補述人生觀：
「康健，快樂」，不可易。
至理名言能醫國；
國醫不能醫自己。
此日農家同悲慟：
歸去來兮，曉莊、無錫。
十八年

（本篇原載《鄉教叢訊》一九二八年十月一日第二卷十八期，題為〈挽趙院長詩〉。趙是曉莊第一院院長，江蘇教育學院（在無錫）教授。）

贈錢君尚志

錢君尚志創辦宋墅小學，堅苦卓絕，人所難能。日前親挑山芋一簍送我。這山芋非比尋常，是錢君以血汗種得，以血汗送來，願與諸同志共嘗其物而共學其人。

宋墅之村有異人，
百里往返送山芋。
半夜跳出暖被窩，
披霜①戴月到新都②。
開水鍋粑充早食，
主人猶在夢中呼。
宋墅山芋原好吃，
應念挑者汗如珠。

汗珠山芋進肚變為血，
血入心中化農夫。
待我農夫身手自然成，
錢君之願始不辜。
鄉村教師漸浮華，
但願努力學宋墅。
宋墅之人何可敬？
大智如愚大忠迂。
寄語六園③眾同志，
吾道其南最不虛。
愛非勒司特峰④三萬尺，
不及錢君一簍芋。
十八年十一月三十日

注釋

①霜字，比星字更切事實。

②新都：指南京，當時國民政府定都南京不久。

③六園：指曉莊學校建立曉莊、吉祥、和平、三元、萬春、蟠桃六個學園。

④愛非勒司特峰：珠穆朗瑪峰舊稱。為世界最高峰，海拔八八四四·四三米。

小莊曉

曉莊原名小莊，後面有老山，亦擬改為勞山，以寓在勞力上勞心之意。

老山勞；
小莊曉：
新時代，
推動了。

老山勞；
小莊曉：
咱鋤頭，
起來了。

老山勞；
小莊曉：
偽智識，
消滅了。

老山勞；
小莊曉：
士階級，
下野了。
十八年十二月二十日

鄉下先生小影

（一）

生長三家村。
來去五里店。
知己遍天下，
終身不相見。

（二）

「城裡不要他，
跑到鄉下來。」
他們這樣說，
便算我無才。

（三）

雪花飛滿天，
身上猶無棉。
一日吃兩頓，
有油沒有鹽。

（四）

有油沒有鹽，
餓肚看水仙。
試問甜中苦，
何如苦中甜？

（五）

進城曾索薪，
輪流候茶園。

薪水領不著，
大家湊茶錢。

（六）
爸爸常嘆氣；
媽媽也埋怨。
已經三十歲，
還沒有家眷。

（七）
「香姑」教人戀，
禮教教人騙。
徘徊岔路口，
心靈已開戰。

（八）

禮教教人騙，
時代教人變。
變好或變壞，
各自有志願。

（九）

揭開革命旗，
飄揚勞山側。
風雲嘯起處，
書果失魂魄。

（十）

書呆不要嚇！
往事不足責。

合將大人心，
渲染兒童色。

（十一）
天賦兩個寶，
雙手與大腦。
甯做農與工，
聯合辟荒島。

（十二）
荒島自成趣，
努力勝天工。
原未造門牆，
所以路路通。
十八年冬

踏雪

雪路深過膝，
寬半尺：
我認清腳跡，
是鄉下人開闢。
十九年春

一雙手

小朋友！
小朋友！
您有一對好寶貝，
身上摸摸有沒有？
哉不著嗎？
您有！您有！不會沒有！
我告訴您吧：
就是您的一雙手！

會用這雙手，
什麼也不愁，
穿也不愁，

吃也不愁，
玩也不愁。
小朋友啊小朋友！
千萬別忘記，
求友不如求手。

玩秋千，
翻筋斗，
送糖果兒進嘴，
和弟弟比球，
數一數您的快樂，
哪一樣不是靠著這雙手？
如果您也想去打倒帝國主義，
還須拿出您的小拳頭。

別學那沒有出息的人，
好事怕用手。
個子那麼大，
拿不動掃帚！
整天逛趟子，
一雙手兒攏在袖裡走。
他會抽烏煙，
也會打牌九。
駝了外國人的嘴巴，
忍著氣兒不回手。
倒會欺弱者，
欺人還要人請酒。
這樣一個人，
您看醜不醜？
他既有手不會用，

何妨打他幾把手！

天給我手必有用，
精神全在「做」字上；
攀上知識最高峰；
探取地下萬寶藏；
剷除人間的不平；
創造個世界像天堂兒模樣。
這些事沒有完成，
決不可把手兒放。
十九年十一月七日

（一九三五年，作者手書此詩的前三節，題為〈雙手萬能歌〉，作為同年九月十六日《生活教育》第二卷第十四期的封面題詩。）

春天不是讀書天

（一）

春天不是讀書天：
關在堂前，
悶短壽源！

（二）

春天不是讀書天：
掀開門簾，
投奔自然。

（三）
春天不是讀書天：
鳥語樹尖，
花笑西園。

（四）
春天不是讀書天：
寧夢蝴蝶，
與花同眠。

（五）
春天不是讀書天：
放個紙鳶，
飛上半天。

（六）

春天不是讀書天：
舞雩風前，
恍若神仙。

（七）

春天不是讀書天：
攀上山巔，
如登九天。

（八）

春天不是讀書天：
放牛塘邊，
赤腳種田。

（九）
春天不是讀書天：
工罷遊園，
苦中有甜。

（十）
春天不是讀書天：
之乎者焉，
忒討人嫌！

（十一）
春天不是讀書天：
書裡流連，
非呆即癲！
二十年春

（本篇原載《師範生》一九三一年四月十五日創刊號，題為〈春天不是讀書天的回聲〉，署名自由詩人。）

兒童工歌

小盤古

我是小盤古，
我不怕吃苦。
我要開闢天地，
看我手中雙斧。

小孫文

我是小孫文，
我有革命精神。
我要打倒帝國主義，
像個球兒打滾。

小牛頓

我是小牛頓，
讓人說我笨。
我要用我的頭腦，
向大自然追問。

小農人

我是小農人，
靠種田生存。
為何勞而不獲？
誰是我的仇人？

小工人

我是小工人，
我有雙手萬能。
我要造富的社會，
不造富的個人。
二十年春

敬贈師範生

（一）

今日詩興發，
揮毫寄相思。
如蒙耐煩看，
願得盡其辭。

（二）

諸君何所事？
候補當教員。
開創新世紀，
大任在兩肩！

（三）

有些假學生，
非我所願聞。
原欲進中學，
卻想省幾文。

（四）

等到畢了業，
一心想升學；
大學考不取，
勉強教小學。

（五）

小學當教師，
原是窮差使。

一旦有高就，
哪管小孩子！

（六）

社會辦學校，
各有其隱衷。
你若不明白，
鑽進牛角筒。

（七）

看那專制國，
民愚乃可治。
要你塞其聰，
個個成奴隸。

（八）

個個成奴隸，
你是奴教頭。
奴隸要出頭，
留心你的頭。

（九）

民國老百姓，
共是主人翁。
若當奴隸教，
便算你不忠。

（十）

攘攘十字街，
茫茫三叉口：

熊掌與魚不可兼，
你取哪樣拿在手？
二十年春

（本篇原載《師範生》創刊號一九三一年四月十五日，署名時雨。）

詩的學校

（一）

宇宙為學校，
自然是吾師。
眾生皆同學，
書呆不在茲。

（二）

白日耀青天，
有人田裡哼。
明月出東嶺，
是吾看花燈。

（三）

勞力上勞心，
教學做「人工」。①
探深而鉤玄，
要將真理窮。

（四）

用書如用刀，
不快自須磨。
呆磨不切菜，
何以見婆婆？

（五）

老牛會耕田，
忘卻頭上角。

屠戶何日到？
用角預商榷。

（六）
生來不自由；
生來要自由。
誰是真革命？
首推小朋友。

（七）
天池育蛟龍；
森林教獅虎。
得所不傷人，
此意誰與語？

（八）

地獄不在地；
天堂不在天。
創造大平等：
無地亦無天！②

（九）

不是桃花源，
不是神仙府。
只做人中人，
無間他我汝。

（十）

誰說非學校？
就算非學校。

依樣畫葫蘆，
未免太無聊！

（十一）
捧來一顆心，
願共心兒好。
偶然一到此，
流連不知老！

二十年春

注釋

①日本有一派人，站在保皇黨的地位上作工人之後盾。他們根據一君萬民之陳說，要剷除那立在君民中間之資產階級。他們依著天皇的稱法，稱工人為「天民」，勞動為「天工」。初看這「天工」二字似乎很有精神，故我的初稿，寫作「教學做天工」。既而想到大平等之世界中，萬工平等，無

所謂「天工」，無所謂「地工」，我們所要教學做的只是「人工」，但求他不流於「奴工」「畜工」便是合理了，何必妄自尊大！

②初稿作「非地亦非天」，頗有飄然欲仙之意，對於原在人心之天堂地獄，任其自生自滅。但這至多不過是一時之現象，而大平等之根本要求便是天堂與地獄及一切連類而來的諸多觀念形式之完全消滅。所以與其說「非地亦非天」，不如說「無地亦無天」。「非地亦非天」是造端；「無地亦無天」是可望不可即之終極。「非地亦非天」含著有餘不盡之詩意。「無地亦無天」是把要說的話一起都說完了。這兩句何去何從，卻大費躊躇咧。這大概是我個人內在之矛盾在文字上反映出來的影子吧？我的情感歡喜在「非地亦非天」的人間裡流連，而我的思想一跳便跳到「無地亦無天」的世界裡去，這中間也不知相隔幾千百年咧！

（本篇原載《師範生》一九三一年五月，署名梧影。同年在《申報·自由談·不除庭草齋夫談薈》十二月三十日發表時，詩前有文：「這世界不好嗎？我們何不把它投進詩的電爐裡去重新鑄出一個詩的世界？中國不好嗎？我們何不把它投進詩的電爐裡去重新鑄出一個詩的中國？這詩的電爐是什麼？是詩的學校！有詩的學校，我們便可鑄成詩的中國、詩的世界。這鼓鑄詩的世界和詩的中國的詩的學校，是怎麼樣的一個學校啊？請聽我說來！」詩中十一節第三行為：「偶然到此處」。作者曾手書詩的第一節作為《生活教育》一九三四年三月一日第一卷第二期盼封面題詩。）

小孩不小歌

人人都說小孩小；
誰知人小心不小？
您若小看小孩子，
便比小孩還要小！

二十年四月十八日

變個小孩子

兒童園裡無老翁；
老翁個個變兒童。
變兒童，
莫學孫悟空！
他在師駝洞，
也曾變過小鑽風。
小鑽風，
瞼兒模樣般般像，
拖著一條尾巴兒兩股紅！
二十年四月十八日

變個孫悟空

變吧！變吧！
變個孫悟空，
飄洋過海訪師宗。
三百六十傍門都不學，
一心要學長生不老翁。
七十二般變化般般會，
翻個筋斗十萬八千里兒路路通。
學得本領何處用？
揭起革命旗兒鬧天宮。
失敗英雄君莫笑，
保個唐僧過難亦威風。
降妖伏怪無敵手，

不到西天誓不東。
請看今日座上戰鬥佛，
豈不是當年人人嘴裡的雷公？
二十年四月

新唐僧

老孫！老孫！
校長招你來，
當個師範生。
西天保誰去取經？
小朋友是你的唐僧。

二十年四月

教師節（一）

去年六月六[1]，
先生學干祿[2]。
今年六月六，
先生學種穀。
二十年教師節

注釋
①六月六：國民政府定六月六日為教師節。
②干祿：求祿位；求進仕。

教師節（二）

（一）

去年六月六，
小孩駭得哭。
今年六月六，
寶寶多幸福。

（二）

去年六月六，
板凳黏屁股。
今年六月六，
滿身汗如雨。

（三）

年年六月六，
死書不再讀。
只做活學問，
越做越不足。

（四）

年年六月六，
先生自種穀。
肚子餓起來，
喝碗綠豆粥。

（五）

年年六月六，
先生進地獄。

地獄變天堂，
眾生自成佛。
二十年教師節

三代

行動是老子。
知識是兒子。
創造是孫子。
二十年秋

（本篇原載《申報．自由談》一九三三年六月二十一日。）

大掃除

有人問我：「你為什麼要向《自由談》①投稿？」我說；「我就是愛它那自由兩字。」一我見了《自由談》，便聯想到兒童的自由，婦女的自由，被壓迫民眾的自由，世界弱小民族的自由。我在這裡要開自由之炮，破奴隸之城，繳奴主之械，解奴隸之鐐，不使民間再有奴隸，人人都成為自由人。有人說奴隸也是有自由的。何以呢？他沒有做奴隸之前一定有出處的自由：還是做自由人奮鬥而死，還是做亡國奴乞憐而活，在這中間，他豈沒有自由的選擇？所以除非是他自己死心塌地情願做奴隸，誰也沒有力量叫他做奴隸。我們所要連根掃除的便是這種奴隸性。這種奴隸性不掃除乾淨，則自由的世界是永遠不會實現。好，咱們來他一個大掃除吧！

誰有自由筆？
一起來掃地！

掃到哪一天？
地上無奴隸！
二十年冬

注釋

①《自由談》一九三一年史量才主持的《申報》成立了總管理處，任黃炎培、戈公振為設計部正副主任，陶行知為顧問。當時《申報》改革的突出成就之一就是副刊《自由談》。一九三二年後由黎烈文、張梓生相繼主持。品類齊全，風格各異。瞿秋白、魯迅、茅盾等均經常發表文章。陶行知也陸續發表了他的雜文專著《齋夫自由談》和教育小說《古廟敲鐘錄》。

（本篇原載一九三一年十月三日《申報．自由談．不除庭草齋夫談薈》。）

兒子教學做

民國十七年我用上等宣紙裝訂了一本美麗的大簿子放在辦公桌上以備學生們質疑問難。這本簿子的封面貼了一條泥金的標籤，上面由我自己寫了「人生問題」四個字。簿子旁邊放了一張通告，歡迎大家將各人心窩裡的問題寫出來，使我可以預先考慮，再行答覆，在美的簿上寫心中事是多麼有詩意的一回事啊！不消說得，雞腳字是不好意思寫在上面。我的目的是達到了：同學們每人來寫問題之先必將問題裡面的一些字練習好多次，才願下筆。所以我這本簿子，不但是網羅了如珠似玉的問題川流不息的來到，而且寫問題的字無形中也就藝術化了。

一天，我把人生問題簿翻開一看，發見了這樣一個問題：

「夫子的兒子教學做，可得而聞乎？」

這問題的含義是豐富極了，給了我一個很深刻的戟刺。從此以後我便時常自己問自己說：「兒子教學做這門功課該如何去上？」現在把最近上的一課發表出來，以供有兒子的人們參考。

兒子要在做上學在做上教，這是沒有疑義的。我希望每個兒子做成一個什麼樣的兒子，我得把我自己先做成那樣一個兒子，我要教兒子自立立人，我自己就得自立立人，我要教兒子自助助人，我自己就得自助助人。最近我和小孩們商議出一個自立立人自助助人的教學做過程，內分四個階段：

第一個階段　三餐喂得飽，個個喊寶寶；
第二個階段　小事認真幹，零用自己賺；
第三個階段　全部衣食住，不靠別人助；
第四個階段　自活有餘力，幫助人自立。

我現在第四個孩子，六歲，尚在第一個階段；第三個孩子十歲，在鄉下時，已到第二個階段，現在進城來又回到第一階段；第二個孩子十三歲，是在第二個階段；第一個孩子十七歲，是上了第三個階段。同時大家還在求學，一起向了第四個階段努力前進。

中國社會對於小孩的教育普通只有兩個階段：一是全然依賴，二是忽然自立。

這中間缺少漸進的橋梁。倘若成人突遇變故，小孩失其所依，這是多麼難受的痛苦啊！

二十年冬

（本篇原載《申報．自由談．不除庭草齋夫談薈》一九三二年一月二十三、二十四日，題為〈兒子數學做之一課〉。）

靜山的結婚通告

靜山訂於二十一年一月十日與一位舊式姑娘結婚，要我根據他們的戀愛史代寫一首小詩通知親友。

「我愛的是鄉下姑娘，
怕的是摩登小姐。」
「我敬的是赤腳先生，
厭的是花花少爺。」
我們在人生的大海裡遇著了，
恩情好似魚與水。
喜雀一聲報喜信，
「三杯美酒快到嘴。」
二十一年一月

（本篇原載《申報・自由談・不除庭草齋夫談薈》一九三一年十二月二十七日，題為〈一張新婚通告〉。第四行中的「花花少爺」原為「西裝少爺」。靜山，即陸靜山。）

鄉村自衛團歌

（一）

琅璫一琅璫，
青菜蘿蔔湯。
草鞋穿好了，
背槍上戰場。

（二）

琅璫一琅璫，
辣油豆拌醬。
少將打倒了，
瞄準打大將。

（三）

瑯璫一瑯璫，
三月還飛霜。
麥子長不成，
十人九吃糠。

（四）

瑯璫一瑯璫，
四海一老娘。
兄弟如相打，
繳了我的槍！
二十一年春

鐘兒誓

我有一雙手，
敲鐘種菜蔬。
為人倒夜壺，
不是大丈夫。
二十一年夏

活的教育

靜默如地下的種子。
自由如空中的鴿子。
猛勇如鬥虎的獅子。

二十一年夏

摸黑路

三個牛皮匠，
湊個諸葛亮。
三個摸黑路，
湊個哥倫布。

二十一年夏

扇倒斯文架

赤腳穿布鞋，
赤膊披大褂。
芭蕉風起處，
扇倒斯文架。
二十一年夏

小小兵

（一）

小小兵，
勸你莫看輕。
你若欺中國，
小命和你拚。

（二）

小小兵，
愛打抱不平，
我們起來了，
不用再招兵。

（三）

小小兵，

問：「您要學誰？」

「別人都不學，

但願學岳飛！」

二十一年夏

招生

來者不拒，
不來者送上門去。
二十一年夏

自動學校小影

有個學校真奇怪；
小孩自動教小孩。
七十二行皆先生；
先生不在學如在。
二十一年十月

編注：自動學校即南京佘兒崗兒童自動學校，成立於一九三二年九月四日，由曉莊小學學生胡同炳任校長。陶行知寄去賀詩一首，原詩有一句「大孩自動教小孩」。自動學校的小孩們寫信問：「大孩能自動，小孩就不能自動嗎？大孩能教小孩，小孩就不能教小孩嗎？」陶接受他們的意見，將「大孩」改為「小孩」。此詩曾由趙元任譜曲。

工師歌

他是木匠；
我是先生。
先生學木匠；
木匠學先生。
哼，哼，哼，
我哼成了先生木匠，
他哼成了木匠先生。
二十一年冬

小注
新時代之教師，不再做教書匠，乃是小工人之指導者，簡稱為孩子之工師。

留級

今年留一留，
明年留一留，
留到哪年才甘休？
父母也羞，
同學也羞，
小小眼淚像雨流。
花兒也愁，
草兒也愁，
生長如今不自由！
不自由，不自由，
把它從字典裡挖出來，
摔到天盡頭。

摔到天盡頭！
從今小孩兒，
一級也不留。
二十一年冬

小注
花草聽見小朋友留級，也要滴幾滴同情之淚，何況做先生的，當然不是嘴裡喊幾句小朋友就算了事。您如果是小朋友的真朋友，就得用斬釘截鐵的手段，把這個妖怪趕到沒有人煙的荒島上去。

（本篇原載《兒童教育》一九三二年十一月十五日第四卷第九期，題為〈打倒留級〉。）

新鋤頭歌

光棍的鋤頭不中用呀！
聯合機器來革命呀。
綺雅海，雅荷海，
聯合機器來革命，
雅荷海，綺雅海。

二十二年三月十五日

（本篇係陶行知一九三三年三月十五日在上海舉行曉莊創校五周年紀念會後所作。是對他一九二七年十一月九日寫的〈鋤頭舞歌〉的增補。他寫後曾說：「〈鋤頭舞歌〉之所以趕得上時代精神，最重要的還是後頭這一段。」）

兒童節歌

隆冬隆冬一隆冬，
今天過節熱烘烘。
從前世界屬大人；
以後世界屬兒童。
從前世界怎麼樣？
說來肚子會笑痛。
房裡騙他有鬼怪；
水裡騙他有蛟龍；
街上騙他有老虎；
累我一生做惡夢。

（當時國民政府定四月四日為兒童節。此詩後由趙元任譜曲，有上海百代公司灌製的唱片。）

追悼慈母歌

慈母啊！慈母啊！
流啊流啊大家流，
慈母啊，慈母啊，
流你愛流的熱汗，
一滴一滴滴成糙米飯，
一吃一吃吃飽窮光蛋！
愛媽呀愛媽！
愛媽呀愛媽！
背起你留下的重擔。
慈母啊！慈母啊！
愛啊愛啊大家愛，
慈母啊，慈母啊，

愛你所愛的小孩，
人人做成自動小工人。
聯合起來創造人世界！
愛媽呀愛媽！
愛媽呀愛媽！
消滅那吃人妖怪。
慈母喲！慈母喲！

（本篇寫於陶行知的母親一九三三年十一月二十六日逝世之後。）

小先生歌

（一）

我是小學生，
變做小先生。
粉碎那私有知識，
要把時代兒劃分。

（二）

我是小先生，
教書不害耕，
你沒有工夫來學，
我教你在牛背上哼。

（三）

我是小先生，
看見鳥籠頭昏。
愛把小鳥放出，
飛向森林投奔。

（四）

我是小先生，
這樣指導學生：
「學會趕快去教人，
教了又來做學生。」

（五）
我是小先生，
烈焰好比火山噴。
生來不怕碰釘子，
碰了一根化一根。

（六）
我是小先生，
愛與病魔鬥爭。
肅清蒼蠅與瘧蚊，
好叫人間不發瘟。

（七）
我是小先生，
填平害人坑。

把帝國主義推倒，
活捉妖怪一口吞。

（八）

我是小先生，
要與眾人謀生。
上天無路造條路，
入地無門開扇門。

二十三年三月十六日

（本篇原載《生活教育》一九三四年三月十六日第一卷三期。詩中第二節，作者將三、四行的「你」均改為「您」，手書作為《生活教育》第一卷十二期的封面題詩，題名〈小先生歌之一〉。詩中第五節，作者將第二行的「烈焰」二字改為「熱心」，手書作為《生活教育》第一卷十八期的封面題詩，題名〈小先生化釘子歌〉。）

大餅油條

（一）
大餅油條，
大寶，你早！
油條大餅，
小王，你請！

（二）
大餅油條，
和你要好；
油條大餅，
愛你上癮。

（三）

大餅油條，
哥哥有嫂；
油條大餅，
妹已定親。

（四）

大餅油條，
和你偕老；
油條大餅，
兩人一心。

（五）

大餅油條，
快把我討；

油條大餅，
爸爸不准。

（六）
大餅油條，
我倆快逃；
油條大餅，
追得太緊。

（七）
大餅油條，
我要上吊；
油條大餅，
我要跳井。

一對妖怪

自私先生，
自利太太，
生下一對妖怪：
大肚的守財奴可鄙，
大頭的守知奴更壞。
傳下一代一代又一代，
造成了中華民族的大失敗。
開刀打針要趕快：
放出一個個腦袋裡的毒汁，
取出一個個肚皮裡的痞塊！
如果再馬虎，
天然淘汰！

二十三年六月一日

（本篇原載《生活教育》一九三四年六月一日第一卷第八期。《生活教育》第一卷九期上有蔡鶴為此詩配的九幅連續漫畫。）

送三歲半的張阿滬小先生

我是小娃娃，
床上滾冬瓜，
媽媽教我，
我教媽媽的媽媽。
二十四年三月十日

自立立人歌

（一）
滴自己的汗，
吃自己的飯，
自己的事自己幹。
靠人、靠天、靠祖上，
不算是好漢。

（二）
滴自己的汗，
吃自己的飯，
別人的事幫忙幹。
不救苦來不救難，

可算是好漢！

（三）

滴大眾的汗，
吃大眾的飯，
大眾的事不肯幹。
架子擺成老爺樣，
可算是好漢？

（四）

大眾滴了汗，
大眾得吃飯，
大眾的事大眾幹。
若想一個人包辦，
不算是好漢。

（本篇原載《生活教育》一九三五年四月一日第二卷第三期，作者曾手書第三節作為《生活教育》第二卷第二期的封面題詩。）

中國小孩子過新年

過了三十晚，
又到初一朝。
枕頭壓歲錢，
燈籠掛得高。
一身新到底：
鞋，襪，衣服，帽。
「聽聽打呼聲，
輕輕不要鬧。」
尋吃廚房裡，
五香雞蛋好。
堂前去拜年：
爹，娘，哥哥，嫂。

開門放爆竹：
大炮和小炮。
大炮閉耳聽；
小炮點著跑。
跌在汙泥裡，
媽媽一頓敲。
眼淚流到嘴，
哈哈又笑了。

放爆竹

一個個的放，
一聲聲的鬧。
他把新的驚起，
把舊的嚇跑。
放，放，放，
放到舊的不敢再來到。
放，放，放，不住的放，
放到新的不會再睡覺。

十一年二月六日

寄信

天氣好冷啊！
這封信在路上凍三千里。
豈不要冷透了嗎？
我怕信冷了要冰了他的手，
連忙拿進被窩裡去放在胸前，
雙手緊緊的壓著，
使它充滿了暖氣再寄。
郵差啊郵差！
千萬別把信裡的暖氣走出去啊！
我怕信冷了要冰了他的手。
十二年二月

敲門

打破了銅牆鐵壁一萬重，
跑出個光明磊落的靈魂，
站在您的心前敲門，
要拜會您的靈魂。
望進去鐵壁銅牆又是一萬重！
我急的丁丁東東的敲；
您卻慢慢吞吞的開：
好容易我的魂見了您的魂。
要等到兩魂變一魂，
從此出入不關門。

十二年三月

生命

（一）

生命之美如春花；
千紫萬紅開落忙。
開時只為春來看，
春去何必再開花？

（二）

生命之泉如夏雨；
風雲雷電皆為汝。
農家得雨慶豐年；
江河橫流亦是雨。

（三）

生命之光如秋月；
月魄嬋娟①復清絕。
生來帶有盈虧命，
何事團圓照離別？

（四）

生命之潔如冬雪；
梨花散盡天女②別。
只合乘風歸太虛③，
不願親遭驕陽劫。

十二年四月

注釋

①嬋娟：美好情意纏綿的意思，也可以代表美人。作者以月光的瑰麗皎潔，

比喻嬋娟的純潔的心靈。

②天女：典出佛經故事。維摩室中有天女，把花散在菩薩們的身上，花落下都不沾身。至大弟子，花沾不著，天女說這是塵世結習未盡之故。梨花是雪花的比喻。

③太虛：我國古代把太虛看為氣。氣聚而為萬物，萬物散而為氣。又把太虛看作和天空，神仙居住的地方。

兒歌（依美國通行的一首兒歌填詞）

小桃[1]，小桃，
太太的活寶，
偷了個豬兒兩腳跑。
豬兒叫啞，
桃兒駝打，
嚇得個不敢在街上耍。
十二年四月三日

注釋

①小桃：作者次子陶曉光。

愛

一

他如果不來，
誰也不能叫他來；
他如果來了，
誰也不能叫他去。

二

本來是有的，
不用討而給；
本來是有的，

不用送而受。

三

他來，
我不知道他從哪兒來；
他去，
我不知道他往哪兒去。
十二年八月五日

遠別辭行

常自恨依依，
重見揚眉。
言歡幾日醉如泥。
一夢天翻都不管，
無奈雞啼！
最苦是生離，
一無翼雙飛！
來時何速去何遲？
一見歸船腸欲斷，
惟有君知！

為何只殺我（民歌改作）

湯家太太做生日，
家家為他拜壽忙。
車滿門，
客滿堂，
為何不殺羊？

羊說道：
「羊毛年年剪得多，
為何不殺鵝？」
鵝說道：
「鵝蛋好吃不可殺，
為何不殺鴨？」

鴨說道：
「白細鴨絨好做衣，
為何不殺雞？」
雞說道：
「五更天亮報時候，
為何不殺狗？」
狗說道：
「我看家門你玩耍，
為何不殺馬？」
馬說道：
「一年給人騎到頭，
為何不殺牛？」
牛說道：
「我耕田，你收租，
為何不殺豬？」

豬說道：
「今天大家都快活，
為何只殺我？」

南下車中見山樹奔過

樹哥哥！
山哥哥！
您們真跑得快啊！
率性再跑得快些！
您們一到北京，
就請一個個的對我母親報個信：
「知行一路平安！」
請您報個信！
您也報個信！
「知行一路平安！！！」
聽清楚了嗎？
十三年三月二十四日津浦路南下

秋神的命令

一陣秋風吹葉紅。
唱和將盡蟲，
柏松有餘容。
適者披霜過冬，
不適者從此送終。
問幾人尚在夢中？

十三年秋

風月兒

一

風月兒①，
笑嘻嘻，
出沒流雲仗雙翼，
彎弓要射誰？
原是多情種，
喜向人間飛。
忽然一箭中著伊，
立地化情癡！

二

風月兒，
在天時，
世間兒女不自知，
埃典園②是嬉。
因你費心機，
人生苦別離。
何如上天暫休息，
恩怨一齊寂！

注釋

①風月兒：一般指清風明月的美好景色，也常有人用來指男女之間的愛情。

②埃典園：通譯伊甸園。基督教和猶太教的聖經都把伊甸說成是人類祖先亞當和夏娃居住的樂園。

有懷

東方來的明月，
您帶得幾多愁來，
把一臉兒都變得這樣慘白？
我分明是平安的，
你回去的時候，
可以笑笑嗎？

與月亮賽跑

您昨天比前天圓，
今天比昨天圓。
您和我比賽嗎？
我明天到家，
比您先團圓！

悲美之神

悲莫悲兮天上月，
獨行宇內何所戀？
年年月月十五夜，
才望團圓又離別。

美莫美兮天上月，
多情愛把銀光射。
射上浣紗西子①面，
人面明月難分辨。

注釋

①西子：即西施。

麥多那的恩賞

麥多那①的恩賞，
黃連裡面夾蜜糖。
兩般滋味一般嘗，
要加去取無商量。
蜜糖甜，
甜到心頭強如上天堂，
神仙薄做南面王②。
黃連苦，
苦到心頭要發狂，
流下眼淚斗來量。
斗來量，
化作清詩斷人腸。

注釋

①麥多那：現譯麥迪那、麥地那。位於沙烏地阿拉伯西部，是伊斯蘭教創始人穆罕默德活動的主要地區之一，並有他的墓地。是伊斯蘭教聖地之一。

②南面王：古時以面向南為尊位，帝王之位面向南，故稱帝王為「南面王」。

白蘭花

我是一朵白蘭花，
願人摘去送給他——
送給他。
人山人海多似恒河沙①，
只願送給他，
送給他插。
莫向鬢邊插；
須在心前插。
花也像他；
他也像花，
天生成的一點兒不差。

注釋

①恒河沙：恒河是印度北部大河，發源於喜馬拉雅山，經印度和孟加拉，流入孟加拉灣。自古為印度教徒奉為聖河。恒河沙比喻事物多得難以計數。

落花

春光歸去匆匆。
愁煞儂！
可堪千紫萬紅舞東風？
枝頭綠，
寂寞否？
幾時紅？
無奈花開易見落無蹤。

登高

眼前四大皆空①，
有三尊：
雲外一輪明月君和儂。
今生願，
同攜手，
聽天風。
自是東海②有盡情無窮。

注釋

①四大皆空：佛教用語。佛教認為地、水、火、風為四大，所有物質都由四大構成，而四大又從空而生，因此世上一切事物都是空虛烏有。

②東海：揚子江口以南臺灣海峽以北。凡福建、浙江及江蘇南部之海岸。

餞春

少年盡說春光好，
誰識春光容易老？
花落徑泥香，
行人空斷腸。
春歸儂相送，
儂歸知誰痛？
把酒祝春風，
「歸去莫匆匆！」

蘭花怨

友人房中擺著一盆蘭花，八天了，而友人不覺，我寫此代蘭花伸冤。

我來了八天，
只算活了您看我的那一刻。
若我等您看的時候才開，
您看過之後就落，
又何從懂得人家的負情呢？

這種詩在當時看來，覺得不錯，到現在我倒要代蘭花向我自己反問了：「花是為人開的嗎？」我深悔代蘭花出氣反把它的身份弄低了。

望歸

昏沉沉，
一曲琵琶奏離情。
奏離情，
愁將心調，
彈與知音。
心聲難達因浮雲；
故人何日將親臨？
將親臨，
曉夢驚後，
數盡鐘聲。

重逢

久別重逢，思攜手，
離情共訴，
羞澀澀，頰紅心顫，
默無一語。
別時相思見時悶，
悶來更比相思苦。
問何時兩個魂靈兒，
如魚水？

義中情，
何處去？
敬離愛，

便無據。
試把二十四史①從頭數，
那個聖賢不多情？
多情忍把今生負！
看天邊幾個同心人，
知我汝？

注釋

①二十四史：清乾隆時所頒定的正史，記載春秋戰國至明代二十四部史書。

少年

少年！
少年！
油裡煎的少年！
為誰心裡痛？
沒有人相憐！

少年！
少年！
書呆子的少年！
願為知己死，
知己在哪邊？

少年！
少年！
大無畏的少年！
你有萬鈞力，
砍不斷琴弦？

少年！
少年！
可敬愛的少年！
同是一個人，
何如幾年前？

少年！
少年！
似水流的少年！
你再不覺悟，墳墓在眼前！

中秋月下

徘徊的秋月！
這分明是您團圓時節，
也如何這樣慘自如雪？
莫非是世間還有未圓人，
不忍面？
莫非是月姊亦有心中事，
不堪說？
莫非是會少離多，
今夜雖暫圓，明宵缺？
十五年中秋

攀知識塔

一二三，
三二一，
一二三四五六七，
看看哪個攀第一？

一二三，
三二一，
一二三四五六七，
看誰找得真知識？

（一九二六年陶行知在上海，他的長子陶宏在北京，陶行知寄給陶宏一本《電磁學》，並在書上寫了這首詩。詩後還附有一句話：「與桃紅作科學忘年競賽。」此詩在《兒童生活》一九三一年四月一日第一期上發表時，署名時雨，並增加了第二段。）

問江

滾滾的長江！
我要問：
您從何處來？
您往哪兒去？
您一路來幹了些什麼事？

紅葉

飛，飛，飛，
滿天的飛。
哪兒來這些蝴蝶？
原來是紅葉！
十八年十一月十五日

大雪下鄉途中寫實

一夜西北風，
下雪三尺厚。
雪路深且狹，
只夠一人走。
抬頭看雪景，
迎面來一狗。
正欲讓狗去，
狗兒已回首。

有懷

桃花紅，
杏花紅，
半天春色渡江東①，
人醉畫圖中。

思重逢，
夢重逢，
身隔關山②千萬重，
魂靈有路通。
十九年春

注釋

①江東：指長江以東之地。

②關山：重重疊疊的山川和許多關口險要之地。

別離

多情最是人間夢，
南北東西路路通。
夢魂自有飛機在，
哪怕關山隔萬重！

樂莫樂兮心相知，
人間最苦是生離。
願將天地同縮小，
從今不辨東與西。

傷別

從此各西東，
音信不通，
十回希望九回空！
此生何日能再見？
要問天公。
綠竹已無蹤，
梅也無蹤。
從今願醉酒杯中。
待得伊來才肯醒，
白了青松！

歲寒三友

萬松嶺上松，
鼓蕩天風，
震動崑崙第一峰。
千軍萬馬波濤怒：
海出山中。

竹綠梅花紅，
轉戰西東，
爭取最後五分鐘。
百草千花休閒笑，
且待三冬。

賀胡適先生四十歲

明於考古，
昧於知今：
捉著五個小鬼，
放走了一個大妖精。

流落他鄉客，
圍爐談適之。
各憑不爛舌，
吹毛而求疵。
彼今四十歲，
我當進壽辭。
不遑論功罪，

獻此逆耳詩。

十九年十二月十五日

注

貧弱私愚亂為五小鬼，大妖精指帝國主義。

雪羅漢（兒歌）

大胖子，
笑嘻嘻。
太陽一來，
化作爛汙泥。

二十年三月二十日

愛之酒

愛之酒，
甜而苦。
兩人喝，
是甘露。
三人喝，
酸如醋。
隨便喝，
毒中毒！
「我寫這三字經兒，
人人都要讀得熟。」
二十年三月二十二日

東北兩少年

（一）哀張學良

東北長城①兩少年；
長城躲到黃河邊。
黃河之水可濯足；
美人歡笑國人哭。

（二）勉馮庸

東北長城兩少年；
長城應去嫩江②邊。
嫩江之水可濯纓；
江山為重風頭輕。

注

嫩江橋是馬占山孤軍獨戰日本處。

注釋

①長城：即萬里長城，喻衛國。

②嫩江：松花江主要支流，位於黑龍江省西部，當時抗日義勇軍活躍的地區。

兒童年獻歌之三

（一）

小朋友！

長長長，

再長幾年，

變成一群小森林：

枝頭有鳥兒談天；

樹底有野獸安眠。

那大的高的，

拿去蓋大眾的宮殿，

創造新紀元。

新紀元的第一年是什麼年？

兒童年！

（二）

小朋友！
攀攀攀，
攀上半天，
變成一群小雨點；
落在每丘麥田；
灑在每丘棉園；
那黃的白的，
給大眾好吃又好穿，
創造新紀元。
新紀元的第一年是什麼？
兒童年！

（三）

小朋友！
飛飛飛，
飛到天邊，
變成一群小太陽：
透進每一家的窗簾；
照到每個人的眼前。
東西南北，
叫大家認清路線，
創造新紀元。
新紀元的第一年是什麼年？
兒童年！

（兒童年獻歌第一篇和第二篇刊在《知行詩歌續集》裡。）

鬧意見

你說他不好。
他說你不好。
鋤頭上了鏽，
田園長茅草。

破棉襖（改作）

前年希望去年好，
去年希望今年好，
到了今年，
穿的還是破棉襖。

前些日子在《兒童日報》上看見一首歌，署名奮，寫的是：今年希望明年好，明年希望後年好，到了後年，仍舊穿件破棉襖。我把這首歌讀給許多農人和小孩子聽，大家都很高興。後來，我仔細想想，歌中說的明年後年，不過是一種懸想，缺少真實性。故改為去年今年，既是回憶與現實的比較，自然更加親切而有力。

（本篇原載《生活教育》一九三五年十月十六日第二卷第十六期。詩後文中的「《兒童日報》」為《兒童晨報》；第四行「不過是一種懸想」之後，有「或是一種推測，」等字。）

問老媽子（Wen Laomaz）

文章好不好？ Wenzhang xao——buxao？
要問老媽子。 Iao Well lao maz
老媽高興聽， Laomaz gaoxing ting,
可以賣稿子。 Koji mai gaoz.
老媽聽不懂， Laomaz ting budung,
就算是廢紙。 Ziusuansh feizh,
廢紙哪個要？ Feizh na——go jao？
送給書呆子。 Sungge shudaiz.

（本篇原載《生活教育》一九三五年十一月十六日第二卷第十八期《大眾詩歌》欄作者手書全文作為該期封面題詩，題為〈老媽子先生歌〉。）

詩人？

有人說我是詩人，
這可不敢。
破布爛棉花，
紙上堆得滿滿。
豈不糟蹋了詩壇？

有人說我是詩人，
誰肯承認？
親愛的妹妹，
站在門口老等。
豈不得罪了詩神？

有人說我是詩人，
我可不懂。
唱破了喉嚨，
無非是打仗的號筒，
只叫鬥士向前衝。

（本篇原載《生活日報》一九三六年六月二十五日。）

打開眼睛看看（Hermynia Zur Muhlen 創作）

（一）

這個大胖子，
肥肉哪裡來？
他會刮人錢，
因此發大財。

（二）

一座大洋房，
住個大胖子。
夏天涼快冬天暖，
胖子快活死。

（三）

胖子有汽車，
坐車去如飛。
一路都都都，
風頭十分足。

（四）

煙囪冒黑煙，
工人苦連天。
機器開動了，
胖子大賺錢。

（五）

錢兒刮到手，
魚肉好下酒。

自命大好佬，
你看醜不醜。

（六）
嘴銜雪茄煙，
眼睛望著天。
不見地上有人，
只因袋裡有錢。

（七）
看看這個工人，
辛苦有誰知道？
做工做得很好，
流汗直流到老。
住的一間木棚，

又破，又冷，又潮。
想要得點陽光，
問到哪兒去找？

（八）

他有一個老婆，
還有幾個寶寶。
整天做牛做馬，
三餐不得一飽。

（九）

餓肚進工廠，
工頭來監工。
呼來喚去隨他意，
凶頭凶腦像雷公。

（一〇）

汽笛叫了幾聲，
午飯時刻到了。
你吃一塊大餅，
我吃兩根油條。
還有誰吃冷飯，
那是張家嫂嫂。
可有一些小菜，
蘿蔔千兒幾條。
做人總要吃飯，
飯兒算是吃過了。

（一一）

初一望到十五，

十五來領工錢。
還了半月米賬，
無錢再買油鹽。

（一二）

工人們！
你們要吃飯！
就得起勁的幹！
錢啊！錢啊！
要拚命地為我賺！
拚命的幹啊。
拚命的賺啊。
看你鐵櫃裡的金子，
是誰流的汗啊？

（一三）

窮苦小工人，
起早送牛奶。
送到富翁後門口，
少爺還在床上賴。
賴在被窩裡，
喝牛奶。
長成一個白白胖胖的小乖乖。

（一四）

工人小孩也要玩，
三三兩兩街頭上。
嗚的一聲汽車來，
軋斷大腿無人管。
無人管，

還要罵聲小癟三。

（一五）

工人小孩並不笨，
做點買賣街上混。
少爺享了祖宗福，
還要罵人小光棍。

（一六）

糖果店，
糖果店，
一百回也看不厭。
工人小孩流口水，
口水流在店門前。
有錢小孩嘴福好，

嘴也甜來心也甜。

（一七）
牧師說：
「有的人享福，
有的人受苦。
你不可埋怨，
萬事上帝作主。」

（一八）
先生說：
「牧師說的話，
一字值千金。
你若玩花頭，
鞭下不留情。」

（一九）

還有街頭巡捕，
最是欺貧重富。
工人誰敢不服，
打得頭破血出。
有時關進監牢，
不知幾時出去。

（二〇）

工人起來奮鬥，
領袖被人捉走。
禿禿幾聲槍響，
好比殺豬殺狗。
天昏地黑人殘忍，
試問公理有沒有？

（二一）

打開眼睛看，
看人怎樣幹？
蘇聯真偉大，
個個是好漢。
工人打勝仗，
渾蛋都滾蛋。
自由又平等，
大家吃好飯。

（二二）

導師是列寧，
指點光明路。
拿著真理的火把，
照著人向前去。

（二三）

大眾武裝起來，
保護工人祖國。
誰想在老虎頭上擦擦癢，
叫他看一看顏色。

（二四）

工廠還是工廠，
情形大不相同。
從前工人是奴隸，
現在都做主人翁。
你來我去拉把手，
工人歌聲遍西東。
只要自己不懶惰，
海闊天空路路通。

（二五）

小孩都要進學堂，
學堂不是少爺製造廠。
五年計劃聯起來，
創造新國小孩都幫忙。

（二六）

大人在工廠裡忙，
小孩在學堂裡忙。
全家為國忙，
忙了回家玩。

（二七）

太陽起山東方紅，
好像紅球掛天空。

我們衝向草場去，
踢回球兒再上工。

（二八）
夏天來到，
夏天來到，
衝到海邊真逍遙。
紮起帳幕，
吹起筒號。
我們是征服自然的前哨，
你可知道？

（二九）
打了勝仗，
回到家鄉，

你看我們是多麼強壯！
我們是在太陽光裡鍛煉出來的，
要放出太陽的光芒！

（三〇）
鼓兒冬冬冬的響，
旗兒在半天飄揚。
歌兒打進小兒心，
個個小兒心中癢。
你不要誤會這兒戲，
我們要拿出我們的主張！

（三一）
說一說我們的主張：
今生要幫大眾忙。

大大小小一起來，
如此力量不可當！。

（三二）
大眾一聯合，
力量不可當。
擁護真和平，
戰神定逃亡。
造個新世界，
快樂像吃糖。

（本篇原載《生活教育》一九三六年四月一日第三卷第三期。）

黑白之戰（米拉陪琦創作）

（一）

黑人黑，
家住香蕉國。
香蕉正好吃，
猴子來做客。
旁邊象大哥，
大的了不得，
竹上擦擦癢，
倒把猴子駭。

（二）

黑神仙，

家住河馬邊。
河馬真要好，
頭靠屁股尖。
象哥更有趣，
鼻子翹上天。
背上跳跳舞，
快樂賽神仙。

（三）

快點跑！
看誰跑得快！
跑到海邊去，
看妖怪。

（四）

妖怪在哪裡？
妖怪在天邊。
看不見煙囪，
怎麼冒黑煙？

（五）

黑煙會長大。
黑煙會走路。
原來是鯨魚嘆氣，
可怕啊有趣！
鯨魚有大門，
開門在肚皮：
有人跑出來，
藍眼白肉皮。

a b c d e,
說話很稀奇。
手兒招一招,
送我好東西。

(六)

他送我假珠一串,
我送他黃金一元。
他送我帽兒一頂,
我送他黃金一錠。
他送我陽傘一把,
我送他黃金一打。
他對我笑嘻嘻,
我對他笑嘻嘻。

（七）

一晚笑嘻嘻，
早上出事體。
客人拿皮鞭，
問我依不依？
他要坐洋車，
逼我拉去嘻。
他要造大路，
逼我開荒地。
還要推東西，
還要背東西，
從早做到太陽西。
我又不發癡！
吃了一天虧，
明天定不依。

（八）

千不依，
萬不依，
客人發脾氣。
忽然發電光，
接著幾聲響，
胸前開了小窟窿！
血往身下淌，
人往地上躺！
剩了個孩子跑回去，
快步趕，
大聲喊。

（九）

喊醒獅子夢，
一齊來抵抗。
哥哥射弓箭，
弟弟放鏢槍。
瞄準敵人無商量：
來一個，殺一個，
來兩個，殺一雙。
自由花開在戰場。

（本篇原載《生活教育》一九三六年三月一日第三卷第一期。）

九龍倉①的小孩

看你們飄洋過海，
看你們風涼爽快。
看你們到銀河裡去，
看你們從銀河裡來。
看你們好像牛郎織女，
一雙一對搖搖擺擺。
我是一個苦小孩。
你知道，我只能看看，
有時看呆。

二十五年六月二十五日，香港

注釋

①九龍倉即九龍半島，在廣東南部，珠江口東側，與香港一海之隔。一八九八年為英國殖民者侵占，隨即作為香港的一部分。

（本篇選自一九四七年大孚出版公司版《行知詩歌集》。）

擦皮鞋的小孩子親眼所見

小孩，小孩，
小孩來，
幾文錢，
擦一雙皮鞋？
喊一個小孩，
六個小孩來，
把一雙腳圍住，
搶著擦皮鞋。

二十五年七月七日，香港

（本篇選自一九四七年大孚出版公司版《行知詩歌集》。）

海底來的浪

海面風浪大，
大船不害怕。
浪從海底來，
個個都躺下。

二十五年七月二十九日過阿拉伯海

（本篇選自一九四七年大孚出版公司版《行知詩歌集》。）

月亮圓

月亮圓，
清風吹人心田，
我想到一位姑娘①，
曾同遊兆豐公園②。

月亮圓，
清風吹入心神，
我想到國際聯盟③，
毀滅由於貪利蠢人④。

月亮圓，
春風吹入心頭，

我想著我的祖國，
她要鬥一條鬥牛⑤。

月亮圓，
清風吹入心竅，
我想到愛滴蒙呑，
不久歸你領導。

月亮圓，
清風吹入心窩，
我想到我自己，
何時畢業於世界大學。

注釋

①一位姑娘：即吳樹琴，之後兩人於一九三九年結為連理。

②兆豐公園：在上海市西部，現已改名為中山公園。

③國際聯盟：也稱「國際聯合會」，簡稱「國聯」。一九二〇年一月成立，名為「促進國際合作，維護國際和平與安全」，實際上是被少數帝國主義國家操縱，成為分割殖民地的工具。總部設在日內瓦，第二次世界大戰爆發後，無形中瓦解。一九四六年四月正式宣布解散。

④貪利蠢人：指英美法等國當時的執政者，他們為眼前的經濟利益，縱容德、意、日法西斯的侵略，終至使國際聯盟垮臺。

⑤鬥牛：這條牛指當時侵略中國的日本帝國主義。

（本篇作於一九三六年秋。原有中、英文各一式。作者在世時未公開發表。）

跟青年學

世界將起變化，
火把要換人拿。
但願天翻地覆，
青年領著老大。
二十五年十月五日

（本篇選自一九四七年大孚出版公司版《行知詩歌集》。）

四川天災

蜀道易，
易於上青天①。
飛機裡面，
有幾個活神仙。
數百萬人沒飯吃，
餓倒在路邊。
錢糧提前，
納過五十年。
我要問：
幾人在地幾人在天？
二十六年四月七日

注釋

①蜀道易，易於上青天李白在〈蜀道難〉一詩中曾寫到：「蜀道之難，難於上青天」。作者把「難」改為「易」，用以諷刺當時的反動統治者只顧乘坐飛機享樂，不顧四川災民的死活。

（本篇選自一九四七年大孚出版公司版《行知詩歌集》。）

前途公園[1]中所見

松鼠有膽量，
松鼠有福氣，
攀上她的嘴唇，
銜去花生一粒。
銜去花生一粒，
連鴿子也妒忌。

二十七年四月十三日

注釋

①前途公園在加拿大溫哥華。

（本篇選自一九四七年大孚出版公司版《行知詩歌集》。）

憑欄處

蔚藍天無際，
有白雲半片，
分明曾在西陵①見。
瞞著人，
過了巫山峽②，
在白帝城③邊，
重來會面。
風又靜，灘難上，
有意叫人惜別。
二十七年十月二十五日

注釋

①西陵：指西陵峽，為長江三峽之一，東到宜昌縣南津關，西至巴東縣官渡口，全長一二〇公里。

②巫山峽：長江三峽之一，東與西陵峽連接，西起四川省巫山縣大寧河口。江邊並列「巫山十二峰」，其中神女峰（望霞峰）在朝陽照射下最為美觀。

③白帝城：在四川省奉節縣東白帝山上。因東漢初公孫述在山上築城，自號為白帝而得名。

兒童節歌（三）

（一）

小孩們！
拿出我們的力量，
紀念四四，
四四，四四，
別說我們年紀小，
也能作些事。

（二）

小孩們！
拿出我們的力量，
養幾隻老母雞，

養雞，養雞，
生下好雞蛋，
獻給戰士吃。

（三）

小孩們！
拿出我們的力量，
種幾顆小黃豆，
黃豆，黃豆，
戰士有了黃豆吃，
打仗不會瘦。

（四）

小孩們！
拿出我們的力量，

省幾個小銅板，
銅板，銅板，
少吃幾塊糖，
為了買子彈。

（五）
小孩們！
拿出我們的力量，
捉幾個小漢奸，
漢奸，漢奸，
漢奸肅清了，
快活似神仙。

（六）

小孩們！

拿出我們的力量，

教幾個大文盲，

文盲，文盲，

眼睛打開了，

前途發亮光。

（七）

小孩們！

拿出我們的力量，

勸幾個好壯丁，

壯丁，壯丁，

好男願當兵，

中國一定行。

（八）

小孩們！

拿出我們的力量，

化幾個小仇恨，

仇恨，仇恨

斬草除了根，

鞏固大國本。

（九）

小孩們！

拿出我們的力量，

普及三民主義，

主義，主義，

全民有共信，

抗戰必勝利。

二十八年三月二十五日

（本篇選自一九四七年大孚出版公司版《行知詩歌集》。）

為老百姓而畫（一個朝會上的講詞）

為老百姓而畫，
到老百姓的隊伍裡去畫。
跟老百姓學畫，
教老百姓畫畫。
畫老百姓：
畫老百姓的爸爸，
畫老百姓的媽媽，
畫老百姓的小娃娃，
畫出老百姓的好惡悲歡，作息奮鬥，
畫出老百姓之平凡而偉大。
把畫掛在老百姓的每一家，
使鄉村美化，

使都市美化，
使中國美化，
使全世界美化。
給老百姓安慰，
將老百姓的智慧啟發，
刺激每一個老百姓的創造為，
創造出老百姓所願意有的天下。

編注：育才學校師生每日清晨舉行朝會，由師生輪流主持發言，以發揚民主精神。又叫「文化早餐」。

（本篇選自一九四七年大孚出版公司版《行知詩歌集》。）

朱大嫂送雞蛋

母雞下雞蛋哪，
咯達咯達叫，
朱大嫂收雞蛋進了窯依呀嘿。
這裡的雞蛋都拿出來依呀嘿。
十個雞蛋剛剛好，
手拿著雞蛋照了照，
扭扭捏捏扭扭捏照了照依呀嘿。

出了村子口呀，
過了大石橋，
走了三里地，
到了大風莊依呀嘿。

把雞蛋給小先生呀依呀嘿。
再問聲小先生教人辛苦了。
小先生聽了大聲笑，
嘻嘻哈哈嘻嘻哈朱大嫂真正好。

小先生拿雞蛋呀，
唱著歌兒笑，
謝謝你好意的朱大嫂依呀嘿。
咱們小先生要教人呀依呀嘿。
不教人對不起朱大嫂。
只要你教得好，
圓圓雞蛋，
圓圓雞蛋管吃飽依呀嘿。

（本篇選自一九四七年大孚出版公司版《行知詩歌集》。是陶行知在崔牛原作的歌譜中填的詞。）

題鍾馗像

鍾馗①捉小鬼，
我要放小鬼。
小鬼有活路，
大鬼會倒楣。
三十五年端午

注釋

①鍾馗：相傳唐玄宗生病時夢見一大鬼吃一小鬼，大鬼自稱叫鍾馗，生前考武舉未中，死後決心清除天下妖孽。玄宗醒後，令畫家吳道子畫成圖像懸掛，以驅鬼邪。因此，舊俗端午節門上懸掛鍾馗的像，以驅除邪惡保平安。

（本篇選自一九四七年大孚出版公司版《行知詩歌集》。）

藎忱[1]上將軍逝世六周紀念

梅花山下，
賦招魂：
捨生取義，
天下公。
但願化身，
千萬億，
一樹梅花，
一藎翁。

生活教育社會體社員拜頌
三十五年

注釋

①藎忱：即張自忠。

一隻鴿子

好久好久以前，一位公主有一隻白的鴿子，如同心肝樣的寵愛。她定做了一個金絲籠給它住。每天親自拿雞蛋黃喂它吃。公主讀書的時候，便把它放在書桌上，出外遊覽，便把它掛在轎前；晚上睡覺，便把它擺在床頭。從早到晚，公主沒有一刻不把它放在身邊。因為一離開了它，公主便悶悶不樂，好像是失了靈魂似的。只要有一半天沒有看見鴿子，公主便坐不定，走不穩，吃不飽，睡不安。公主是多麼的愛它喲！

但是公主只是單方面的愛，她只是害單思病。這鴿子對於公主，卻沒有絲毫的留戀。它身在宮中，心在林裡。在它看來，金絲籠遠不如幾條枯枝架成的鳥窠。雞蛋黃的滋味，也比不上小蟲。所以它是苦悶極了。它覺得它是一個奴隸，公主不是它的恩人，乃是剝奪它的自由的仇敵。公主越愛它，越引起它的厭惡。它要自殺而找不著刀兒。它發起狂來，便把頭兒向籠邊金絲直衝，連頭上的羽毛都衝壞了許多。它是一天比一天的消瘦下去。

公主不知道它的心思，看它頭上脫了幾根毛，便摸摸它，安慰安慰它。它是瘦了，公主比它還瘦。因為公主看見它瘦了下去，連覺也不能睡了，一心一意要想法子使它肥起來。可是想它肥起來，倒把自己急瘦了。

後來，公主出嫁了，嫁給一位外國的太子。她便把她的親愛的鴿子帶去。晚上睡覺的時候，她必定是把鴿子放在床頭緊靠著她的臉睡。於是鴿子籠倒把太子的臉隔開了。頭幾晚，太子要想體貼公主，一句話也沒有說。一天晚上，太子實在忍不住了，便說：「親愛的，鴿子放在中間，很不便當，把它放在腳頭去好嗎？」公主翻臉說：「我愛它甚於愛你，你若是覺得不便，可以睡到腳頭去。」太子氣極了，等到公主睡熟，偷著起來，輕輕的將金絲籠拿到天井裡去，開了鎖把鴿兒放了。

公主醒了，知道太子放了鴿子，幾乎發狂，便拚命跑出去找她的鴿子，誰也阻不住。她跑得比汽車還快，誰也趕不上。她見著樹上有鳥巢，無論幾多高，都是要親自攀上去找她的失掉的白鴿子。她跑了許多路，一路跑，一路自言自語地說：「我的鴿子，我的白鴿子，我的親愛的白鴿子！」她看見一棵十幾丈高的松樹上有個鳥窠，便攀上去找，差不多攀到窠邊，失腳一跤跌下，一面跌，一面還說著：「我的鴿子呀！」她跌死沒有？我們往下看吧！

那隻鴿子自從脫離了金絲籠，便拚命的向林中飛去。它快樂極了。它說：「我今天才覺得我是一隻真的鳥咧！」天才亮，它看見一條粉紅色的東西在地上蜿蜒而走，便一嘴啄去吞下：「好一頓早飯，幾年沒有吃到這樣的鮮味了。」它一吃完這條蟲，便拍起翅膀飛去。因為它已經下了決心，要飛到林裡去吃午飯。那裡是它的家鄉。它要到那裡找它的媽媽，尋它的姊妹，訪它的朋友，去過那自由自在的生活。它再飛了一截路，聽見下面來了一個聲音：

「這隻鴿兒長得好看！」

鴿兒聽人稱讚它，未免有點動心，還是向前飛去。那人見它飛得很快，便唱起鴿兒歌來：

好鴿呀好鴿！
穿得一身雪白。
在鳥兒當中，
要算它頂頂出色。

鴿兒聽見，心中已有三分留戀，飛得慢一點，那人又唱道：

好鴿呀好鴿！
穿得一身雪白。
自古會送信，
比綠衣信差負責。

鴿兒聽見，心中已有五分留戀，飛得更慢一點，那人又唱道：

好鴿呀好鴿！
穿得一身雪白。
前面去不得，
留心十字路有賊。

鴿兒聽見，心已有七分留戀，飛得不大起勁，但它一心歸林，意志堅決，豈願中途停止，仍舊向前飛去，那人又唱道：

好鴿呀好鴿！
穿得一身雪白。
稍微歇一刻，
喝杯清水止止渴。

鴿兒嘴裡確有點渴，聽見這歌，心已有九分留戀，便向後望了一望？微露捨不得飛去的樣兒，那人看見鴿子有意留戀，索性又唱道：

好鴿呀好鴿！
穿得一身雪白。
恕我太簡慢，
幾條蟲兒我請客。

那人一面唱，一面把幾條小蟲丟在地上，鴿兒聽著歌兒，看著蟲兒，很想吃一點兒點心再飛。當它正在慢慢的飛著打算吃點心的時候，轟的一聲，被那人一槍打了下來。落在誰手裡？這鴿子受了一槍，恰恰落在那位從樹上跌下來的公主的面前。公主聽見有個東西落下，便睜開眼睛，一看，不是別的，乃是她犧牲性命去找的鴿子，她便把它抱在懷裡說：「我的親愛的白鴿子！」那鴿子臨死連眼睛也不閉，呆望著那遠處的森林。一忽兒，公主與鴿子都斷氣了。太子在後面趕到，把公主與鴿子送回宮中，合葬在一個墳墓裡，小朋友！這鴿子願意與公主合葬在一起嗎？

（本篇原載《兒童生活》一九三一年四月一日第一期，署名時雨，後收入《創作故事叢書》上海兒童書局出版，改題為〈白鴿〉。）

百花生日前一夜的梅香

梅香，今年是六歲了，和桃兒同年，比香姑大一歲，比春姊小一歲，如同你們一樣的可愛。梅香歡喜花，見花便要摘，也如同你們一樣的時常頭上戴著一枝花，得意洋洋的走到母親面前道：「媽媽！我戴的這枝花好看吧！」是的，她覺得自己很好看，戴上一枝花，便覺得格外好看了。因為花兒能增加她的美麗，她便和花兒做朋友，見了好花便摘去戴在頭上，顯出她是一位格外好看的孩子。可是花兒摘了下來，要不了一天就枯乾了。枯乾了怎麼樣？她就把她丟在地上，等媽媽掃到撮箕裡，摔到門外去了。每天總是這樣：一朵美麗的花，早上在花園裡笑，中飯在她頭上愁，晚上在撮箕裡喘氣，明天便是一個花屍僵在門外，連埋葬的人都沒有。自從開天闢地以來，葬花的人只有林黛玉一位。林小姐是早已死了，還有誰來為花埋葬呢？梅香那裡還記得送葬，新花早已戴上了她的頭了。

百花生日要到了。頭一晚，梅香睡在被窩想，明日我要在花園裡去摘一枝美麗的花兒戴。一定！一定要摘一枝最好看的！不錯，我要早些起來，別給別人摘去才好……梅香迷迷糊糊的說著，覺得身子已經是在花園裡了。正在伸手去摘那枝最好看的花的時候，只見那枝花兒忽然變了一個美麗的小姑娘。梅香心裡想：這倒奇怪咧，花兒會變小姑娘！

這不算什麼，更稀奇的還在後面咧。

梅香回頭看看自己，嚇了一跳，怎麼變成一枝花兒了！她想，花變小姑娘已是奇怪了；我這個小姑娘也變成花兒，豈不是奇上加奇！真是天翻地覆了。

梅香在煩悶的時候，那位花變的小姑娘，慢慢的伸出一隻玉也似的手來，摸摸梅香所變的花朵，梅香害怕極了，因為她是摘花的老手，知道有些不妙，料想是要把她的頭摘去咧。果然不錯，小姑娘只摸了一兩摸，仔細的看了一下，便把梅香變的那朵花，喳的一下，摘了過去。這邊，梅香哎喲一聲，覺得自己的頭早被那位小姑娘割掉了。她以為立刻便要死了。卻是不然，頭雖割下，依然會想，會說，會哭，會看。不痛不癢的像朵花兒插在小姑娘的頭髮上。不錯，她還會嗅，嗅得這姑娘的頭髮是灑過花露水的，和她用的花露水差不多的香。小姑娘戴著梅香變的花。拿了一面鏡子，照了一照，說：「這花真不錯！百花生日有這枝好看的花戴在頭上，總算是有福氣了。」梅香在鏡裡看著自己的頭分明是變了一朵花，雖然插在這位如花美眷的頭髮上，回想從前做人時，要戴什麼花便摘什麼花的威風，難免愁悶起來，有時也懊悔當年不該糟踏這麼多的好花。她淚如泉湧，不斷的從心頭滴出，不消幾個鐘頭，便把一副玉貌滴成枯蕊。小姑娘在黃昏時把她從頭髮上取下。見她枯了，順手一下便把她摔在垃圾桶裡去了。梅香猛聽得撲通一聲，只見自己的頭兒已滾在一堆東西裡面，臭得令人嘔心。一驚而醒，幸虧是夢，摸摸頭兒，仍舊還在頭頸上，然而嚇得滿身冷汗了。

（本篇原載《兒童生活》一九三一年五月一日第二期，署名時雨。）

烏鴉歌（兒歌）

南高峰有一隻烏鴉，生得一身漆黑，天天飛到西湖上去照照自己的影子，覺得非常好看，便讚美自己說：

頭戴烏紗帽，
身穿黑衣裳。
鏡裡照一照，
好了少年郎。
誰家有小姐？
待我討來做新娘。

一天，百鳥仙子請烏鴉吃酒，有白鵝、白雞、白鴨、白鴿做陪客。烏鴉坐首席，白鵝不服，譏笑烏鴉說：

滿堂客，

個個白，
只有烏鴉身上黑。
白雞連忙和了一首：
滿堂客，
個個白，
身兒黑的心也黑。
白鴨高興極了，也唱道：
滿堂客，
個個白，
白是客來黑是賊。
烏鴉氣得臉上通紅，百鳥仙子怕他們鬧起來，便調解說：
不分黑與白，
一家南和北，
除了主人都是客。

烏鴉聽了主人說出公平話，也就算了。可是受了這頓罵，心裡便有些羨慕「小白臉」而看不起自己的黑羽。看看白鳥中只有鴿子沒有罵它，便問鴿子如何可以把黑羽變成白羽。鴿子說：

變顏色，
我曉得，
天河裡面漂得白。

烏鴉信了鴿子的話，便飛到天河裡去洗澡。好容易飛了幾年才飛到。它一到，便起早落夜的在天河裡洗羽毛，連羽毛都洗脫了許多，還是一身漆黑，一根白毛也沒有。天河神來提醒它說：

烏鴉生來黑，
天水洗不白。

烏鴉聽了天河神的勸告，便飛回家來，一路埋怨鴿子說：

鴿呀鴿，
騙人賊，
臉兒白的心裡黑！

唱了末了一句，忽然衝著一位白鬚老翁。烏鴉向他道歉說不是罵他而是罵白鴿子，便把想變白鴉的事一五一十的告訴了老翁，老翁深表同情說：「我幫助你變一變。」說了，便捧著白鬍子搖了一搖，刮陣西北風，雪花滿天飛來，烏鴉一忽兒就變成白鴉了。老翁警告烏鴉說：「路上要留心一位圓臉公子，不可和他閒談。」

烏鴉謝了老翁，一面飛去，一面唱道：

白頭一老翁，
助我顯神通。
鬍子搖一搖，
刮陣西北風。
烏鴉變白鴉，
飛舞雪花中。
從此白鳥兒，
不敢罵公公。

白鴉飛了一夜，到了早上，在太陽光中，身上放出光芒來，愈覺可愛，得意洋洋的對太陽誇嘴。太陽老是笑迷迷的，一句話也不回答，它氣起來就要飛去，回頭一看，全身漆黑，又變成一隻烏鴉，急得哭倒在地。一面哭，一面罵太陽說：

圓圓臉，
忒陰臉，
我當你是個好人，
誰知你笑裡藏剪。

這時，有人在烏鴉背上拍了兩拍。烏鴉抬頭一看，不是別人，就是當日請客的百鳥仙子。便從頭到尾向他訴苦。百鳥仙子提醒它說：

身上一根毛，
好比那仙草。
生來不變色，
便是無價寶。
莫學黑姑娘，
愛擦雪花膏。

黑白不分勻，
越擦越糟糕。
白的固不壞，
黑的也很好。
你若愛你黑，
自然無煩惱。

烏鴉聽了這番高論，心中豁然大悟，向著仙子道謝後，便飛到西湖上去重新把自己看了一看，果然不錯。唱著那老調兒飛回家去：

頭戴烏紗帽，
身穿黑衣裳。
鏡子照一照，
好個少年郎！
誰家有小姐，
待我討來做新娘。

（本篇原載《兒童生活》一九三一年七月一日第三期，署名梧影。後收入《創作故事叢書》，改題為〈烏鴉〉，書的封面標明為「寓言兒歌」，封二注明：「小學中年級生和高年級生適用的補充讀物。」）

水底點火

老師：「春香！你括根火柴，用一杯水灑在火上，看火滅不滅。」

春香：照樣試了一試：「老師！水一灑下，火就滅掉了。」

老師：「假使我把這根火柴點著放在水底，你想會滅不會滅？」

春香：「我想火在水底必滅。」

老師：「我有一個法子能在水底點火，你願意幹嗎？」

春香：「水底那能點火？你哄我吧。」

老師：「我不哄你。只要你照我的法子做，包你成功。」

春香：「我願意照你的法子試一試，你快說吧。」

老師：「好！你先去弄個臉盆打盆水來。」

春香：「水打來了。」

老師：「再拿一個玻璃杯來，越大越好。」

春香：「玻璃杯拿來了。」

老師：「弄一片小木片來，只要銅板兒大，銅板兒厚。」

春香：「我找不著木片。」

老師：「厚紙弄一塊來也行。」

春香：「舊明信片行不行？」

老師：「行！剪一塊像銅板兒大小。方的也行。」

春香：「剪好了，能用嗎？」

老師：「好得很！用剪刀在紙片中心鑽一個小小的孔，再把一根火柴插在紙片中心。」

春香：「做好了，對不對？」

老師：「對！把紙片連火柴放在臉盆的水面上，讓它在中央浮著。括根火柴將紙片上的火柴點著。拿那玻璃杯倒過來，罩在火上，把紙片連火快快的壓到水底去，看火滅不滅。」

春香：「火到水底，還是燃著的。」

老師：「對吧！水底能點火。你把玻璃杯拿起來看，將離水面時要輕輕的。火柴和紙片上淹水沒有？」

春香：「奇怪！火柴和紙片的上面一點水也沒有。這個道理我不明白。」

老師：「我願意幫助你找出這個道理。紙片上沒有水是證明水兒沒有走進玻璃杯，是不是？」

春香：「這個我承認。」

老師：「因為什麼緣故水沒有走進玻璃杯？假使有一個小房子裡面只能容一個人。張三已經坐在裡面，李四還能進去嗎？」

春香：「把張三攆出去，李四才能進去，否則不能進去。」

老師：「如果張三和李四臉對臉，肚對肚的擠住在房門口再怎樣？」

春香：「張三不能出來，李四不能進去，兩人相持不下。」

老師：「照這樣說來，水兒既然不能進到玻璃杯去是不是因為玻璃杯裡有個東西和水相持不下。」

春香：「一定有！」

老師：「是什麼？」

春香：「看不見什麼東西。我所看見的只是紙片和火柴。」

老師：「紙片和火柴占的地位很少，不能和水相持。紙片是夾在水和那樣東西的中間，所以紙片的底面是濕的；紙片的上面是乾的。究竟是什麼東西在玻璃杯裡和水相持不下？你吸一口氣在嘴裡，鼓起來，就知道了。」

春香：「我知道了。玻璃杯裡有空氣，不許水進去。」

老師：「一點也不錯。可是你把杯口朝上放著，把水向杯裡倒，為什麼這樣一來水就能進到杯裡去呢？」

春香：「水把空氣攆走了，所以能夠進去。」

老師：「為什麼杯口朝上水就能把空氣攆走，杯口朝下就不能把空氣攆走？」

春香：「我不知道。」

老師：「你想想，下回再談吧！」

（本篇原載《兒童生活》一九三一年九月十五日第五期，署名捂影。）

香姑洗碗

老師：「香姑！你在那裡做什麼？」
香姑：「老師！我在這兒洗碗。」
老師：「你會洗碗嗎？」
香姑：「我白米飯已經吃了二十石，難道連碗還不會洗嗎。」
老師：「你說你會洗，你是怎麼洗的呢？」
香姑：「這還不容易嗎？把碗放在鍋裡用水洗淨，再用布揩乾，就得了。」
老師：「你把裝菜的碗和大家吃飯的碗放在一塊兒洗嗎？」
香姑：「是！」
老師：「箸兒也和碗兒放在一塊洗嗎？」
香姑：「是！」
老師：「生癆病的人吃過飯之後，碗上筷上都有癆病蟲，叫做肺結核微菌。這些微菌，小得很，眼睛看不見，要用顯微鏡，把微菌染過色，才能看得清楚。

你把這些有癆病蟲的碗筷子和沒有癆病蟲的放在一塊兒洗，那麼，所有的碗筷都要粘著癆病蟲。沒有病的人再用這些碗筷吃飯，不是也要害癆病嗎？你會洗碗，你也會叫人害癆病，是不是？」

香姑：「我倒沒有想到這一點。既然一鍋兒洗碗會傳染病痛，那麼，有什麼別的好法子呢？」

老師：「你想一想就得了。」

香姑：「老師，你看這個法子好不好？各人用公筷夾菜；放在飯上，用私筷吃。公筷和菜碗在鍋裡一塊兒洗。各人用的私碗私筷由各人自己洗，好不好？」

老師：「這個法子很好。我還要問你一句，看你究竟明白不明白。各人洗自己的碗筷，可以不可以在公用的鍋裡或公用的盆裡洗？」

香姑：「不可以。」

老師：「為什麼不可以？」

香姑：「在公用的東西裡洗便要沾染微生物。」

老師：「對！各人洗的碗筷，可以不可以用同一的洗碗布揩？」

香姑：「不可以。因為也要傳染病痛。」

老師：「對！我還要問你：你平常用什麼水洗碗。」
香姑：「用溫水洗。」
老師：「溫水裡的微生物還是活的，如果有了痢疾或傷寒症的微生物在裡面，那麼停在碗筷上，吃到肚裡去，就要害痢疾、傷寒症，這是多麼的危險啊！」
香姑：「那麼如何是好？」
老師：「滾水裡微生物差不多都要死掉。」
香姑：「我想有法子了！把碗筷放在開水裡煮一下，你看怎麼樣？」
老師：「好，再好沒有了。油怎樣除掉？」
香姑：「放點肥皂下去好不好？」
老師：「好。洗過之後再怎樣？」
香姑：「再用抹布揩乾。」
老師：「你看看抹布上有什麼東西，乾淨不乾淨？」
香姑：「抹布上有蒼蠅，齷齪得很。」
老師：「抹布不常洗，拿來揩碗愈揩愈髒。蒼蠅把霍亂病菌帶到抹布上，揩在碗裡，吃到肚中，那就是九死一生。」

香姑：「這真是兩難：用布揩怕傳病，不用布揩又不乾淨。還有什麼辦法？」

老師：「你用一隻洗過的碗，再用滾熱的水沖一下試試看。」

香姑用滾熱的水沖了，把水倒掉，一忽兒說：「熱水一下子就飛去了，碗兒不用揩就是乾乾淨淨的。妙得很！」

老師：「你能把今天所談的話做個結束嗎？碗筷應該如何洗法。」

香姑：「我想洗碗要注意三件事：

「一、公用筷碗在一處洗；私人的筷碗由各人自洗；

「二、用滾水、肥皂洗；

「三、洗後用滾水沖，擱在鐵紗廚裡，讓它們自乾，不用布揩。」

老師；「從今以後，你是真正會洗碗了。如果你能做到滾水洗碗滾水沖，那麼，公私碗筷就在一處洗也沒有危險了。如果洗過之後把碗筷放在蒸籠蒸它五分鐘，那就格外好了。人多的地方是用蒸籠好。你家裡的碗是怎樣洗的呢？」

香姑：「媽媽是用老法子洗，我從前洗碗就是跟媽媽學的。」

老師：「你要不要把洗碗新法告訴你媽媽？」

香姑：「一定告訴媽媽，請她改良。」

老師：「你媽媽若不相信，你可以告訴她，用溫水洗碗，抹布揩碗，會生重病的。有學問的人，曾經研究過，結果如下：

「一、每個吃過的碗未洗，平均有五七〇〇〇個微生物；

「二、用微溫水洗而不沖，有二五九〇〇〇個微生物；

「三、用微溫水洗後，又用微溫水沖，有五七〇〇〇個微生物；

「四、用溫水洗而不沖，有三六〇〇〇個微生物；

「五、用溫水洗後，又用溫水沖，有一〇五〇〇個微生物；

「六、用溫水洗後，用熱水沖，有五一〇〇個微生物；

「七、用熱水洗而不沖，有五〇〇〇個微生物；

「八、用熱水洗後，又用熱水沖，有一四〇〇個微生物；

「九、用滾水洗後，又用滾水沖，則一個微生物也拱不著。」

香姑：「我很想看看這些小怪物。」

老師：「下次我們一同來看好了。」

（本篇原載《兒童生活》一九三一年十月十五日第六期，署名梧影。）

為重寫中國兒童文學史做準備

眉睫（簡體版書系策畫）

二〇一〇年，欣聞俞曉群先生執掌海豚出版社。時先生力邀知交好友陳子善先生參編海豚書館系列，而我又是陳先生之門外弟子，於是陳先生將我點校整理的梅光迪講義《文學概論》（後改名《文學演講集》）納入其中，得以出版。有了這個因緣，我冒昧向俞社長提出入職工作的請求。俞社長看重我對現代文學、兒童文學研究的能力，將我招入京城，並請我負責《豐子愷全集》和中國兒童文學經典懷舊系列的出版工作。

俞曉群先生有著濃厚的人文情懷，對時下中國童書缺少版本意識，且缺少人文氣質頗不以為然。我對此表示贊成，並在他的理念基礎上深入突出兩點：一是以兒童文學作品為主，尤其是以民國老版本為底本，二是深入挖掘現有中國兒童文學史沒有提及或提到不多，但比較重要的兒童文學作品。所以這套「大家小書」，頗有一些「中國現代兒童文學史參考資料叢書」的味道。此前上海書店出版社曾以影印版的形式推出「中國現代文學史參考資料叢書」，影響巨大，為推動中國現代文學研究做了突出貢獻。兒童文學界也需要這麼一套作品集，但考慮到兒童讀物的特殊性，影印的話讀者太少，只能改為簡體橫排了。但這套書從一開始的策劃，就有為重寫中國兒童文學史做準備的想法在裡面。

為了讓這套書體現出權威性，我讓我的導師、中國第一位格林獎獲得者蔣風先生擔任主編。蔣先生對我們的做法表示相當地贊成，十分願意擔任主編，但他畢竟年事已高，不可能參與具體的工作，只能以書信的方式給我提了一些想法，我們採納了他的一些建議。書目的選擇，版本的擇定主要是由我來完成的。總序也由我草擬初稿，蔣先生稍作改動，然後就「經典懷舊」的當下意義做了闡發。可以說，我與蔣老師合寫的「總序」是這套書的綱領。

什麼是經典？「總序」說：「環顧當下圖書出版市場，能夠隨處找到這些經典名著各式各樣的新版本。遺憾的是，我們很難從中感受到當初那種閱讀經典作品時的新奇感、愉悅感、崇敬感。因為市面上的新版本，大都是美繪本、青少版、刪節版，甚至是粗糙的改寫本或編寫本。不少編輯和編者輕率地刪改了原作的字詞、標點，配上了與經典名著不甚協調的插圖。我想，真正的經典版本，從內容到形式都應該是精緻的、典雅的，書中每個角落透露出來的氣息，都要與作品內在的美感、精神、品質相一致。於是，我繼續往前回想，記憶起那些經典名著的初版本，或者其他的老版本——我的心不禁微微一震，那裡才有我需要的閱讀感覺。」在這段文字裡，蔣先生主張給少兒閱讀的童書應該是真正的經典，這是我們出版本套書系所力圖達到的。第一輯中的《稻草人》依據的是民國初版本、許敦谷插圖本的原著，這也是一九四九年以來第一次出版原版的《稻草人》。至於解放後小讀者們讀到的《稻草人》都是經過了刪改的，作品風致差異已經十分大。俞平伯的《憶》也是從文津街國家圖書館古籍館中找出一九二五年版的原著來進行重印的。我們所做的就是為了原汁原味地展現民國經典的風格、味道。

什麼是「懷舊」？蔣先生說：「懷舊，不是心靈無助的漂泊；懷舊也不是心理病態的表徵。懷舊，能夠使我們憧憬理想的價值；懷舊，可以讓我們明白追求的意義；懷舊，也促使我們理解生命的真諦。它既可讓人獲得心靈的慰藉，也能從中獲得精神力量。」一些具有懷舊價值、經典意義的著作於是浮出水面，比如孤島時期最富盛名的兒童文學大家蘇蘇（鍾望陽）的《新木偶奇遇記》；大後方為少兒出版做出極大貢獻的司馬文森的《菲菲島夢遊記》，都已經列入了書系第二批順利問世。第三批中的《小哥兒倆》（淩叔華）《橋（手稿本）》（廢名）《哈巴國》（范泉）《小朋友文藝》（謝六逸）等都是民國時期膾炙人口的大家作品，所使用的插圖也是原著插圖，是黃永玉、陳煙橋、刃鋒等著名畫家作品。

中國作家協會副主席高洪波先生也支持本書系的出版，關露的《蘋果園》就是他推薦的，後來又因丁景唐之女丁言昭的幫助而解決了版權。這些民國的老經典，因為歷史的原因淡出了讀者的視野，成為當下讀者不曾讀過的經典。然而，它們的藝術品質是高雅的，將長久地引起世人的「懷舊」。

經典懷舊的意義在哪裡？蔣先生說：「懷舊不僅是一種文化積澱，它更為我們提供了一種經過時間發酵釀造而成的文化營養。它對於認識、評價當前兒童文學創作、出版、研究提供了一份有價值的參照系統，體現了我們對它們的批判性的繼承和發揚，同時還為繁榮我國兒童文學事業提供了一個座標、方向，從而順利找到超越以往的新路。」在這裡，他指明了「經典懷舊」的當下意義。事實上，我們的本土少兒出版是日益遠離民國時期宣導的兒童本位了。相反地，上世紀二三十年代的一些精美的童書，為我們提供了一個座標。後來因為歷史的、政治的、學術的原因，我們背離了這個民國童書的傳統。因此我們正在努力，力爭推出真正的「經典懷舊」，打造出屬於我們這個時代的真正的經典！

但經典懷舊也有一些缺憾，這種缺憾一方面是識見的限制，一方面是因為審稿意見不一致。起初我們的一位做三審的領導，缺少文獻意識，按照時下的編校規範對一些字詞做了改動，違反了「總序」的綱領和出版的初衷。經過一段時間磨合以後，這套書才得以回到原有的設想道路上來。

欣聞臺灣將引入這套叢書，我想這對於臺灣人民了解大陸的兒童文學是有幫助的。林文寶先生作為臺灣版的序言作者，推薦我撰寫後記，我謹就我所知，記述於上。希望臺灣的兒童文學研究者能夠指出本書的不足，研究它們的可取之處，為重寫兩岸的中國兒童文學史做出有益的貢獻。

二〇一七年十月於北京

眉睫，原名梅杰，曾任海豚出版社策劃總監，現任長江少年兒童出版社首席編輯。主持的國家出版工程有《中國兒童文學走向世界精品書系》（中英韓文版）、《豐子愷全集》《民國兒童文學教育資料及研究》，主編《林海音兒童文學全集》《冰心兒童文學全集》《豐子愷兒童文學全集》《老舍兒童文學全集》等數百種兒童讀物。二〇一四年度榮獲「中國好編輯」稱號。著有《朗山筆記》《關於廢名》《現代文學史料探微》《文學史上的失蹤者》，編有《許君遠文存》《梅光迪文存》《綺情樓雜記》等等。

民國時期經典童書 A0801013

知行詩歌集

作　　者 陶行知
版權策劃 李　鋒

發 行 人 陳滿銘
總 經 理 梁錦興
總 編 輯 陳滿銘
副總編輯 張晏瑞
編 輯 所 萬卷樓圖書(股)公司
特約編輯 沛　貝
內頁編排 小　草
封面設計 小　草
印　　刷 百通科技(股)公司

出　　版 昌明文化有限公司
　　　　 桃園市龜山區中原街 32 號
電　　話 (02)23216565
發　　行 萬卷樓圖書(股)公司
　　　　 臺北市羅斯福路二段 41 號 6 樓之 3
電　　話 (02)23216565
傳　　真 (02)23218698
電　　郵 SERVICE@WANJUAN.COM.TW
大陸經銷
廈門外圖臺灣書店有限公司
電郵 JKB188@188.COM

ISBN 978-986-496-069-9
2017 年 12 月初版一刷
定價：新臺幣 420 元

如何購買本書：
1. 劃撥購書，請透過以下帳號
帳號：15624015
戶名：萬卷樓圖書股份有限公司
2. 轉帳購書，請透過以下帳戶
合作金庫銀行古亭分行
戶名：萬卷樓圖書股份有限公司
帳號：0877717092596
3. 網路購書，請透過萬卷樓網站
網址 WWW.WANJUAN.COM.TW
大量購書，請直接聯繫，將有專人為您服務。(02)23216565 分機 10

如有缺頁、破損或裝訂錯誤，請寄回更換

國家圖書館出版品預行編目資料

知行詩歌集 / 陶行知著.
-- 初版. -- 桃園市：昌明文化出版；
臺北市：萬卷樓發行, 2017.12
302 面；14.5x21 公分. -- (民國時期經典童書)
ISBN 978-986-496-069-9（平裝）
859.08　　　　106021763